Lutz van Dijk

Romeo & Jabulile

Lutz van Dijk ist ein deutsch-niederländischer Schriftsteller. Er lebt seit 2001 als Mitbegründer der südafrikanischen Organisation HOKISA (Homes for Kids in South Africa) in Kapstadt, Südafrika. Seine Bücher wurden in mehrere Sprachen übersetzt und mehrfach ausgezeichnet. Mehr unter: www.lutzvandijk.co.za

Lutz van Dijk

Romeo & Jabulile

Eine südafrikanische Liebesgeschichte

Ravensburger Buchverlag

MIX
Papier aus verantwortungsvollen Quellen
FSC® C006701

Als Ravensburger Taschenbuch
Band 52462
erschienen 2012

Die Originalausgabe erschien 2010
im Peter Hammer Verlag, Wuppertal

Umschlaggestaltung:
Anne Seele unter Verwendung eines Fotos von
Maria Taglienti-Molinari (gettyimages)

Printed in Germany

1 2 3 14 13 12

ISBN 978-3-473-52462-4

www.ravensburger.de

Dieses Buch ist Ernesto Nhamuave (35) gewidmet, einem Gastarbeiter aus Mosambik und Vater dreier Kinder, der am 18. Mai 2008, einem Sonntag, bei lebendigem Leib im Township Ramaphosa bei Benoni von hasserfüllten südafrikanischen Nachbarn verbrannt wurde. Das Foto von seiner Ermordung ging um die Welt als Symbol eines neuen Fremdenhasses in Südafrika.

Ernesto Nhamuave war als Maurer nach Südafrika gekommen auf der Suche nach Arbeit, um eine bessere Zukunft für seine Kinder Virginia (4), Juneriso (7), Alfabeto (12) und seine Frau Hortensia (30) zu schaffen.

*»Bitte hört auf damit, ich bitte euch!
Die Gewalt muss sofort aufhören!
Als wir verfolgt wurden zu Zeiten der Apartheid,
waren wir willkommen bei unseren afrikanischen
Nachbarn. Die heute als Ausländer überfallen
werden, sind die Kinder derjenigen,
die uns damals geholfen haben.
Es sind unsere Schwestern und Brüder.«*

Desmond M. Tutu,
südafrikanischer Erzbischof em. und
Friedensnobelpreisträger, am 20. Mai 2008

Inhalt

Schokolade –
iChocolate

Das blaue Papier ist verknittert. Ich falte es auseinander und streiche es vorsichtig mit einer Hand glatt. Wieder und wieder betrachte ich wie hypnotisiert die fünf mit schwarzem Marker geschriebenen Buchstaben:

LUV U. R.

Er wusste, dass ich manchmal verrückt nach Schokolade bin. Nach Schokolade und nach Fußball. Aber am meisten nach ihm. So sehr nach ihm.

LUV U. R.

*Makhulu** legt mir ihre faltige warme Hand auf die Schulter: »Jabu, du musst etwas essen. Das hätte er

*Wörter in kursiver Schrift, die nicht im Text selbst erläutert werden oder Eigennamen sind, werden im *Glossar* am Ende dieses Buches in alphabetischer Reihenfolge erklärt.

nicht gewollt, dass du hungerst und immer schwächer wirst …« Oma ist so alt, keiner weiß es genau. Sie selbst auch nicht. Vielleicht achtzig oder neunzig. Ihre Hände sind immer warm.

LUV U. R.

Das blaue Einwickelpapier ist aus glänzendem Stanniol – für Cadbury-Schokolade, die teure mit ganzen Nüssen. Er hat die große gekauft für über zwanzig *Rand*. Ein Vermögen! Woher er den Marker hatte, weiß ich nicht. Wahrscheinlich geborgt. Denn sonst schreibt ja nichts auf Stanniolpapier.

LUV U. R.

Er konnte die SMS-Sprache perfekt, obwohl er nie ein Handy hatte. Er sprach auch nur ein paar Worte *Xhosa* – und ich konnte kein *Shona*. Aber Englisch war okay für uns beide. An dem Abend, als er mir die Schokolade schenkte, rückte er ganz nahe an mich heran und flüsterte mir etwas ins Ohr, das ich erst gar nicht verstand.

Es kitzelte an meinem Ohr, und ich musste lachen. »Was sagst du?«

Aber er war nicht bereit, es laut zu sagen. Mit

seiner kräftigen Hand auf meiner Wange zog er mich erneut zu sich. Ich spürte seinen heißen Atem und merkte erst jetzt, dass er etwas in meiner Sprache gelernt hatte, was er mir nun zum zweiten Mal ins Ohr hauchte: »*Ndiyakuthanda,* Jabulile!« Dann rückte er betont von mir weg und sah mich erwartungsvoll an. »Und?«

»*Ewe,* ja …«, flüsterte ich unsicher, »das war ja schon ein ganzer Satz!«

Er hatte etwas gesagt, was ich bis dahin nur in kitschigen Filmen im Fernsehen gehört hatte. Noch nie zuvor hatte jemand es zu mir gesagt. Die anderen blöden Jungs riefen zwar auch manchmal Sprüche wie: »Komm zu mir, Kleine!« Oder: »Willste 'n Kuss von mir?« Aber sie riefen es über die Straße, sodass jeder es hören konnte. Darum ging es ihnen zuerst.

Er wollte, dass nur ich allein es hörte. *Ndiyakuthanda* – ich liebe dich. Das ist ganz schön schwierig zu sagen. In jeder Sprache, glaube ich. Jedenfalls, wenn man es ehrlich meint.

Es ist, als würde ich seine Stimme hören, wenn ich die Buchstaben auf dem Stanniolpapier anschaue. Er war schon im Stimmbruch, obwohl er nur wenig älter war als ich. Gerade fünfzehn. Manchmal kippte sie um, und er hatte eine Kinderstimme, aber meist war sie tief und männlich. Gar nicht wie von einem Jungen, sondern wie von einem Mann. Ein bisschen heiser manchmal, dann räusperte er sich. Seine Stimme beruhigte mich wie sonst nichts auf der Welt.

LUV U. In großen schwarzen Druckbuchstaben.

Love you.

Und das R. Sein Vorname: Romeo.

Ich musste lachen, als ich ihn das erste Mal hörte: »Romeo und Julia!«

»Schön wär's«, gab er lachend zurück. »Ich glaube nicht, dass mein Vater je von Shakespeare gehört hat. Der war verrückt nach Autos, vor allem teure ausländische Schlitten. Und an der Spitze stand ein italienischer Rennwagen, den er mal in Harare bei einem älteren Bruder gesehen hatte: Alfa Romeo. Wenn ich ein Mädchen geworden wäre, würde ich wahrscheinlich Alfa heißen …«

»Und du?« Er schaut mich neugierig an. »Was bedeutet dein Name – *Jabulile*?«

»Den habe ich von *Makhulu*, die mich großgezogen hat. Meine Mutter starb bei meiner Geburt. Und natürlich waren alle traurig. Oma erzählt, dass ich immer versucht habe, alle froh zu machen.

Schon mit ein paar Monaten war ich so was wie eine Alleinunterhalterin. *Jabulile* heißt: ›Die, die andere froh macht‹.«

Romeo grinst. »Deine Oma hat völlig Recht! Du könntest locker im Zirkus auftreten …«

»Als Pausenclown, was? Sehr lustig!«, entgegne ich empört.

Er widerspricht sofort: »Nein, als Sängerin oder Tänzerin oder Trapezkünstlerin mit einem superkurzen Kleid!«

»Du spinnst wohl!«, falle ich ihm lachend ins Wort. »Ich werde als Ringerin die Männer umhauen oder mit Löwen kämpfen.«

Er gibt auf: »Einverstanden!« Und fügt dann plötzlich ernst hinzu: »Mich hat noch nie jemand so froh gemacht wie du!«

Meist besuchte ich ihn abends nach dem Fußballtraining in seiner geheimen Hütte. Niemand wusste von unserem Versteck. Ich war im ersten Mädchen-Fußballteam vom ganzen Township. Und ich war nicht schlecht, seit ein paar Wochen sogar im Mittelfeld.

Seit jenem Abend bin ich bei keinem Fußballspiel gewesen, auch nicht beim Training. Ich esse nichts und trinke nur ab und zu Wasser. Ich mache niemanden mehr froh.

Ich weiß gar nicht, wie ich weiterleben soll. Ohne ihn.

Alles ist erst ein paar Tage her. Ich kann noch hören, wie er meinen Namen rief. Ich kann noch den Schweiß auf seiner Haut riechen nach einem langen Tag bei der Baufirma. Ich sehe seinen hinkenden Gang vor mir, der von einer Kinderlähmung stammt, als er noch ein Kleinkind war. Ich weiß noch genau, wie es sich anfühlte, wenn er mich im Arm hielt. Ganz nah, fest, warm.

Ich bin selbst ziemlich stark mit dreizehn, aber bei ihm fühlte ich mich beschützt wie bei keinem anderen Menschen. Es erinnerte mich ein wenig an Oma, wenn sie mich zu Bett brachte, als ich noch klein war. Da dachte ich auch: Mir kann nichts passieren. Ich kann ruhig schlafen. Ich bin nicht allein.

So sicher bis zu jener Nacht.

Im Township ist es ruhig seitdem. Das meiste aufgeräumt. Kaum noch Journalisten. Nur die Polizei patrouilliert weiter regelmäßig, besonders abends. Die verkohlten Reste der abgebrannten Hütten sind in der Nähe der Einfahrt aufgestapelt, gleich neben den Haltestellen der Kleinbusse. Wenn sie nicht wären, diese noch immer nach Rauch stinkenden Müllhaufen, könnte man denken, es sei alles nur ein böser Traum gewesen.

Die Menschen selbst sind verschwunden. Alle. Bis jetzt jedenfalls. Sie sollen in einem Flüchtlingslager an der Küste in Zelten untergebracht sein. Dort, wo im Sommer ein armseliger Campingplatz mit ein paar Klohäuschen ist. Ein paar Tausend Kinder, Frauen, Männer. In Bussen dorthin gekarrt und ausgekippt. Aus unserem und anderen Townships.

Das Flüchtlingslager hat den schönen *Afrikaans*-Namen *Soetwater*. Süßwasser. Außer dem Namen ist dort nichts Süßes. Es ist ein allen Naturgewalten ausgesetzter Ort, an den sich jetzt im Winter normalerweise kein Hund hinverirrt. Der Sturm ist zeitweise so stark, dass er das schäumende Meerwasser bis weit ins Land trägt und alles mit salziger Nässe und Kälte überzieht. Ich würde alles dafür geben, wenn er wenigstens dort wäre. Dann würde ich ihm Essen bringen, egal was Vater sagt. Und warme Decken. Und seine Befreiung mit ihm planen. Seine Rückkehr zu uns. Oder mit ihm nach *Simbabwe* gehen, dahin, wo er herkommt. Wenn du verliebt bist, kannst du alles. Dann ist alles andere egal. Wenn du nur nicht allein bist.

So sitze ich vor Vaters *Spazashop*, der den Namen *Supa-Cash* auf einem wackeligen, ziemlich großen weiß-roten Coca-Cola-Schild trägt, welches über dem Eingang angebracht ist. Mein Kopfverband ist ab, und die Stelle, wo mich der Stein traf, bedeckt nur noch ein kleines Pflaster.

Vaters Stimme brummt aus dem dunklen Laden: »*Yiza* – komm, du musst noch fegen! Ich kann nicht alles allein machen.«

Aber ich antworte nicht. Früher hätte er mich jetzt angebrüllt oder auch an den Haaren gezogen. Seit jener Nacht lässt er mich machen, was ich will. Wir reden nur das Nötigste.

Mit meinem älteren Bruder Lonwabo spreche ich kein Wort mehr. Ich habe solche Wut auf ihn. Er war dabei in jener Nacht. Auch wenn er am Ende Schiss bekam, hat er doch seine Freunde mit aufgehetzt. Wenn ich ihn nur sehe, wird mir übel.

Nur auf *Makhulu* kann ich mich weiter verlassen. Obwohl sie Romeo nie getroffen hat, ist sie doch auf unserer Seite.

Heute Abend setzt sie sich still neben mich auf die kleine wackelige Holzbank vor Vaters Laden. Die goldene Abendsonne lässt ihr weißes Haar wie pures Silber glänzen.

»*Jonga* – schau mal«, sagt sie, als die Sonne bereits hinter dem gegenüberliegenden Haus verschwunden ist und ein kühler Abendwind aufkommt. »Ich möchte dir dieses Heft schenken.«

Das Heft hat einen schwarzen, stabilen Einband, ansonsten sind alle Seiten leer. Es sieht aus wie ein dickes Schulheft. Ich schaue sie fragend an, als sie es in meine Hand legt.

»Du kannst das Schokoladenpapier darin aufbewahren«, erklärt sie mit ihrer tiefen Stimme, während sie sich gleichzeitig eine lange Pfeife anzündet und mehrfach daran zieht, bis sie sicher ist, dass der Tabak gut brennt. »Es gibt bestimmt noch mehr, woran du dich von ihm erinnern möchtest …«

Ich habe das Schokoladenpapier immer bei mir. Auch nachts, dann lege ich es unter mein Kopfkissen. Am Tag falte ich das Papier mit seiner Liebeserklärung sorgfältig zweimal zusammen und stecke es in die rechte hintere Tasche meiner Jeans. Es ist das Einzige, was ich von ihm habe und anfassen kann.

Alles andere ist tief in mir.

Der Unfall –
Ingozi

Nach meiner Erinnerung habe ich niemals so hässlich ausgesehen wie an jenem Tag, auf den wir alle so hingefiebert hatten – dem großen Township-Sportfest. Es findet nur einmal im Jahr bei uns in Masi, unserem Township, statt, am Ostermontag, der in Südafrika auch »Familientag« heißt. In diesem Jahr war er ungewöhnlich früh, schon im März.

Wochenlang hatten alle Mädels von unserem *Vuka-Intombi*-Fußballclub nichts anderes im Kopf. Den Namen hatten wir uns selbst ausgedacht: *Vuka* heißt so viel wie »Los, aufwachen!«, und mit *Intombi* wird bei uns eine Tochter im Teenie-Alter bezeichnet. Jeder verstand die Botschaft: Macht euch auf, *Teenie-Girls!* Wir sind ebenso gut im Fußball wie die Jungs – wenn nicht besser!

Monatelang dreimal Training pro Woche, abends auf dem staubigen Kickerplatz hinter der Grundschule. Tausend Versuche, dort richtig grünes Gras anzulegen, wie es sich eigentlich gehört, sind gescheitert. Einfach nicht genug Wasser, vom Dünger ganz zu schweigen.

Rasen hält bei uns immer höchstens bis zum Anfang des Frühlings. Wenn dann erst mal ein paar Wochen die Sonne draufknallt, wird bald alles gelb und braun. Kurz danach fliegen die letzten Grasbüschel weg wie eine billige Perücke, und der Acker ist wieder kahl wie eine Glatze. Nur nicht so glatt, sondern mit viel Staub und überall Steinen. Wenn es stürmt, dann kann man nur sagen: Die Wüste lebt! Wir müssen öfter das Training wegen Sandstürmen abbrechen als wegen Regen. Aber vielleicht sind wir gerade deswegen so abgehärtet. Einfach durch nichts umzublasen.

An diesem Ostermontag jedoch fühlte ich mich überhaupt nicht gut. Ich hatte die Woche zuvor nicht zum Training gehen können wegen meines blauen Auges. Völlig geschwollen, einfach dicht und drum herum alles rot, grün und blau. Dass ich zuletzt doch noch für den Sturm – rechts außen – aufgestellt worden war, verdanke ich unserem jungen Pastor Khanya, der uns seit mehr als einem Jahr trainiert.

Pastor Khanya ist höchstens Ende zwanzig und sieht nur am Sonntag wie ein Pastor aus. Sonst eher wie Superstürmer Benni McCarthy aus unserer Nationalmannschaft *Bafana Bafana*, finde ich. Wobei Benni dauernd mit neuen Freundinnen angibt, während Pastor Khanya glücklich verheiratet ist und drei kleine Kinder hat. Alle Mädchen sind trotzdem hin und weg von ihm, und auch die meisten Jungs finden ihn gut.

Am Ostersonntag nach dem Gottesdienst rief Pastor Khanya uns alle zusammen und erklärte: »Jabu, du musst ja nicht mit dem Auge schießen! Und dein linkes Auge funktioniert prima. Niemand trifft so wie du aufs Tor, selbst aus großer Entfernung. Die Mädels aus *Gugs* sind stark, wir müssen unser Bestes geben!«

Die Mädels aus *Gugs* ... da widersprach niemand. *Gugs* steht für *Gugulethu*, ein Township in der Nähe des Flughafens, zehnmal so groß wie unser Masi. Die haben einfach viel mehr gute Spielerinnen als wir und trainieren schon viel länger.

Alle nickten. Pastor Khanya klopfte mir auf die Schulter: »Ist ja kein Schönheitswettbewerb ...«

Nach dem Mittagessen mit Vater, Lonwabo und *Makhulu* schaute ich lange in den Spiegel, der auf unserem Außenklo im Hof hing. Ich spülte das Auge vorsichtig mit Wasser aus. Ein ganz klein wenig ließ es sich öffnen. Wenn ich vor ein paar Tagen bloß nicht so dicht neben Unathi gestanden hätte!

Alles kam nämlich nur wegen meiner besten Freundin Unathi, die zwar immer noch meine beste Freundin ist, aber um ehrlich zu sein: beinah nicht mehr.

Unathi findet Fußball erstens langweilig und zweitens nichts für Mädchen. Sie ist begeisterte Sängerin und kann, das muss ich zugeben, so ziemlich alle unsere großen Stars von Brenda Fassie bis Lebo Makhosa supergut nachmachen. Nachmachen heißt – sie singt nicht wirklich, sondern bewegt nur die Lippen und den Körper und lässt die Musik aus dem geborgten Lautsprecher von Pastor Khanya krachen. »Karaoke heißt das!«, sagt sie stolz und wirft den Kopf so zurück, dass ihre langen, mit Perlen verzierten Flechtsträhnen nur so fliegen.

Es fällt wirklich schwer, nicht hinzuschauen, wenn sie richtig loslegt. Sie kann ihre Füße über Kopfhöhe hochwerfen und der neueste Trick ist, das Mikro mit der linken Hand gut zwei Meter hochwirbeln zu lassen und mit der rechten so aufzufangen, dass sie genau den Mund wieder aufreißt, wenn die wirkliche Sängerin weiter ihren Song schmettert.

»Ich werde bestimmt bald entdeckt!«, ruft sie mir zu, als sie eine neue CD von Lebo einschiebt.

Ich habe meine Zweifel, denn ihre eigene Stimme klingt einfach schrill und gar nicht gut. Es ist doch bestimmt schwer, berühmt zu werden als Sängerin, wenn man nicht selbst singen kann. Aber das sage ich ihr nicht. Denn sie hat noch andere Eigenschaften, derentwegen ich sie im Kern wirklich mag.

Eine ist, dass Unathi alles, was sic selbst hat, großzügig teilt – die andere, dass sie Geheimnisse für sich behalten kann. Beides finde ich wichtig für eine Freundschaft.

Seit wir in die erste Klasse gingen, teilten wir unsere schönsten T-Shirts, dann auch erste Blusen und Röcke und so was. Und als Vaters Laden eine Weile wegen Krankheit geschlossen war, weil er zu lange gewartet hatte, zur Klinik zu gehen, um sich wegen *HIV* testen zu lassen, und danach die *ART*-Medikamente lange nicht vertragen konnte, da hat sie immer ihr Schulbrot mit mir geteilt – und mein Bruder und ich konnten ab und zu bei ihr daheim abends mitessen. Beinah vier Monate lang. Bis Vater wusste, welche *ARTs* er nehmen muss, und aus dem Krankenhaus zurückkam.

Da mein Vater anfangs dagegen war, dass ich bei den *Vuka Intombis* mitmache, erlaubte Unathi mir, ein paar Wochen lang zu behaupten, dass ich bei ihr Schularbeiten machen würde, während ich in Wirklichkeit auf unserem Fußballplatz war. Erst als wir das erste Turnier hatten, habe ich meinem Vater alles gebeichtet. Auch um ihn einzuladen, selbst zu schauen, wie gut ich inzwischen war. Und er ist wirklich gekommen! Er und mein Bruder Lonwabo saßen ganz vorn, nicht weit weg von Pastor Khanya. Und am Ende waren sie sogar ein bisschen stolz auf mich. Obwohl ich an dem Tag kein einziges Tor geschossen hatte.

Das Stück von Lebo spielt sie nun schon zum dritten Mal. Ich werde langsam ungeduldig, denn wir müssen noch für einen Test in Mathe üben. In Mathe sind wir beide abgrundtief schlecht. »Wie lange dauert es denn noch?«, rufe ich ihr zu.

Aber sie reagiert gar nicht. »Hast du das schon gesehen?«, ruft sie zurück, als ein Trompetensolo aus Lebos Band ihr gerade eine Atempause verschafft. Sie springt auf einen Stuhl, wiederholt jenen berühmten Mikrosalto von links nach rechts und winkt mir aufgeregt zu, doch näher heranzukommen.

Mein erster Fehler, zugegeben. Das Trompetensolo klingt aus, und ich hätte wissen müssen, dass Lebo-Unathi etwas Neues vorhat. Sie reißt den Mund auf, als Lebo mit der letzten Strophe loslegt, und schließt dabei die Augen. Noch immer balanciert sie auf dem Stuhl und legt nun bei den hohen Noten ihren Kopf so weit zurück, dass mir angst und bange wird, sie könnte gleich nach hinten umkippen. Aber es kommt noch wilder. Zum ersten Mal probiert sie den wirbelnden Mikrowurf von links nach rechts mit geschlossenen Augen!

Mein zweiter Fehler: Ich gehe nicht augenblicklich in Deckung. Unathis rechte Hand verfehlt das Mikro, das mir dafür ungebremst gegen den Kopf knallt. Genauer gesagt: so auf meinem rechten Auge landet, dass ich erst nichts und dann nur noch Sterne sehe. Seitdem ist das Auge geschwollen wie bei einem Preisboxer in der letzten Runde.

Unathi lachte erst, weil sie dachte, ich würde ihr etwas vormachen. Erst als sie die Musik abgestellt hatte und mein anschwellendes Auge sah, erschrak auch sie. Den Mathetest am nächsten Tag haben wir beide verhauen.

Das Sportfest –
Ipati ka Umdhalo

Die Nacht zuvor habe ich kaum geschlafen. Nicht wegen des Auges. Das sieht zwar noch immer hässlich aus, tut aber nicht mehr weh. Sondern wegen der Mädchenmannschaft aus *Gugs*.

Schon am frühen Morgen haben wir uns alle bei Pastor Khanya versammelt. Es ist mit dem gegnerischen Team verabredet, dass wir alle ohne Fußballschuhe spielen, denn auch sie konnten nicht mehr für jede Spielerin *Toks* organisieren. Kein Spiel läuft gut, wenn einige Schuhe haben und andere barfuß spielen müssen. »Gerechtigkeit für alle!«, hat unser Pastor-Trainer gefordert, und Ma Dudula, die in der ganzen Stadt bekannte Trainerin aus *Gugs*, hat zugestimmt.

»Das ist ein gutes Zeichen«, meint Pastor Khanya, als wir uns im Mädchenklo der Grundschule umziehen. Eine amerikanische Kirchengemeinde, mit der unser Pastor in E-Mail-Kontakt steht, hat uns die Trikots gespendet – grüne Hosen und weißgrün gestreifte Hemden, alles neu. Wir tragen sie heute erst zum zweiten Mal.

Noch am Morgen hat der Schulhausmeister den Fußballplatz für die beiden Spiele des Tages gesprengt. Aber eine Stunde später ist durch die heiße Sonne schon wieder alles getrocknet und Staubwolken wirbeln auf.

Wir Mädchen sollen zuerst spielen. Dann ist Mittagspause mit Musikbands und Grillen. Am Nachmittag dann die *Lion Strikers*, unsere ebenfalls ziemlich gute Jungenmannschaft, gegen ein Team aus *Langa*. Im vorigen Jahr hat auch Lonwabo noch mitgespielt. In diesem Jahr ist er nicht aufgestellt worden, da er angeblich nicht regelmäßig zum Training gekommen ist. »Stimmt nicht!«, hat er mir wütend nach dem Ausschluss erklärt. »Der neue Trainer, Tata Vuyo, kann mich nur nicht leiden.« Ich weiß nicht, wer Recht hat. Manchmal sagt Lonwabo die Wahrheit, manchmal auch nicht.

»Andiswa – wo sind deine Handschuhe?«, fragt Pastor Khanya unsere Torhüterin, die zu den Älteren gehört und mit ihrer Mutter einen kleinen Marktstand betreibt. Andiswa strahlt und zieht ein paar nagelneue Torhüterhandschuhe hervor. »Habe ich von meiner *Ma* zum Geburtstag bekommen – extra für heute!« Wir klopfen Andiswa begeistert auf die Schulter. Wenn das kein Grund zur Hoffnung ist!

Unser Mut sinkt in sich zusammen, als wir wenig später in einer Reihe, so wie wir es vorher geübt haben, in die Mitte des Spielfelds zur Aufstellung laufen. Die Mädels aus *Gugs* sind zwar nicht unbedingt älter als wir, aber durchweg deutlich kräftiger. Es scheint, Ma Dudula trainiert Bodybuilder-Girls und keine Fußballerinnen. Sie selbst steht grimmig am Spielfeld und grüßt nicht zurück, als wir ihr unsicher zunicken.

Am Spielfeldrand haben sich ein paar Hundert Zuschauer eingefunden. Die meisten sitzen auf leeren, umgekippten Bierkisten an der Südseite des Platzes, denn der Wind bläst so, dass man dort am besten vor Sand und Staub geschützt ist. Auch stehen da die einzigen Bäume, die ein wenig Schatten geben. Während wir aufs Feld laufen, sehe ich, dass sowohl Vater als auch Lonwabo gekommen sind. Unathi steht bei ein paar Freundinnen aus unserer Klasse. Erst als die anderen sie anstoßen, dreht sie sich um und schaut unserer Aufstellung zu.

Die Stimmung ist anscheinend gut. Denn kaum haben die Zuschauer uns erspäht, stoßen viele in die mitgebrachten *Vuvuzelas*, lange Plastikrohre mit einer etwas größeren Öffnung an der einen

Seite, mit denen man sehr gut das Trompeten von Elefanten nachahmen kann. Ihr Lärm wird ebenso begeistert beantwortet von einer Fangruppe aus *Gugs*, die in zwei Kleinbussen angereist ist, um ihre Mädels zu unterstützen.

Kurz vor dem Anpfiff erkenne ich an der Nordseite noch eine dritte Gruppe Fußballfans, die ich noch nie vorher gesehen habe. Sie haben keine *Vuvuzelas*, keine Bierkisten, nichts. Dazu stehen sie auch noch am nördlichen Ende, wo der meiste Dreck hingepustet wird und nichts vor der Sonne schützt. Eine kleine Gruppe, vielleicht fünfzehn oder zwanzig Leute, Jugendliche und Erwachsene. Es müssen echte Fußballfans sein.

Bevor ich länger nachdenken kann, fordert Pastor Khanya über Lautsprecher alle Spielerinnen und Zuschauer auf, die Augen zu schließen und sein Gebet in sich aufzunehmen. Für einen Moment wird es mucksmäuschenstill auf dem Platz. Nur der Wind ist noch zu hören, das Klicken von herumfliegenden Plastikbechern – und Pastor Khanyas tiefe Stimme. Er dankt Gott für diesen besonderen Tag, wünscht uns allen ein gutes und faires Spiel und

dass Gott uns bis in alle Ewigkeit beschützen möge. Amen. Und da kommt auch schon der Anpfiff!

Vom ersten Augenblick an ist klar, dass Ma Du-

dulas Team stärker ist. Aber obwohl die *Gugs*-Girls die meiste Zeit im Ballbesitz sind, haben sie es doch nicht leicht, durch unsere Verteidigung vorzustoßen. Sandiswa und Phumla, beide erst dreizehn wie ich, stehen wie eine Mauer. Wir im Mittelfeld schaffen es kaum, auch nur in die Nähe des gegnerischen Tors zu kommen.

Zack – schon wieder hat eines der Muskelmädels uns den Ball abgenommen. Erneut ein Angriff auf unser Tor, dem wir atemlos hinterherrennen. Andiswa ist wunderbar mit ihren neuen Handschuhen. Wir haben es nur ihr und den beiden Mädchen in der Verteidigung, Sandiswa und Phumla, zu verdanken, dass bis zur Halbzeit noch kein Tor gefallen ist.

In der Pause lassen wir uns alle kaltes Wasser über den Kopf laufen. »Wie ist dein Auge?«, fragt Pastor Khanya. »Okay!«, antworte ich, obwohl es teuflisch brennt. Aber jetzt darf keine von uns aufgeben. Wenn wir das Unentschieden halten, wäre es schon eine gute Leistung.

Als wenn es nur eine Minute gewesen wäre, ist die Pause auch schon wieder vorbei. Während wir erschöpft zurück auf den Platz trotten, scheinen unsere Gegnerinnen erst richtig aufzudrehen. Sie lachen sich aufmunternd gegenseitig zu. Einen Moment denke ich, die haben uns die erste Halbzeit nur geschont, damit wir für die zweite überhaupt noch wiederkommen. Und richtig – schon nach gut fünf Minuten knallt das erste Tor bei uns rein. Andiswa hatte nicht die Spur einer Chance.

Pastor Khanya winkt uns ein verabredetes Signal zu – beide Hände Richtung Tor. Es bedeutet: alle in die Verteidigung! Haltet, was zu retten ist! Unsere Fans aus Masi trompeten, als müssten sie alle Elefanten aus dem Kruger-Park zur Verstärkung rufen. Auch die kleine Gruppe von der staubigen Nordseite hat sich ihnen jetzt angeschlossen und brüllt aus Leibeskräften Worte, die ich nicht verstehe. Immerhin sind es offenbar auch Fans von uns.

Obwohl wir nun mit allen elf Spielerinnen ganz überwiegend in unserer Hälfte beschäftigt sind, brechen die weiblichen Muskelberge aus *Gugs* wieder und wieder durch. Wie eine Bombe fetzt zum zweiten Mal der Ball ins Netz. Da ich nicht weit von ihr weg bin, sehe ich, wie Ma Dudula zufrieden grinst. Was mag sie noch vorhaben mit uns?

Pastor Khanya ruft uns weiter aufbauende Worte zu: »Ihr schafft es! Durchhalten! Mauern!« Ich habe keine Ahnung, wie lange wir noch durchhalten müssen. Mein Hemd ist völlig durchgeschwitzt und klebt unangenehm am Körper. Einen Moment schaue ich zu Vater und Lonwabo – da kracht schon wieder ein Ball ins Netz. »*Laduma, laduuuuma* – Tor, Tooor!«, schreien die Fans aus *Gugs*. Für sie hat sich der Ausflug fraglos gelohnt.

Es ist nach diesem dritten Tor, dass ich aus gar nicht so großer Entfernung Unathis schrille Stimme höre. Unathi ist am Spielfeldrand entlanggelaufen, um auf meine Höhe zu kommen: »Jabuuuu!«, schreit sie. »Jabu, es liegt nur an mir, dass du heute kein Tor schießt. Bitte verzeih mir, bitte!« Ich sehe, dass sie den Tränen nahe ist.

Ich habe nicht mehr genug Atem, um zurückzurufen. Aber das ist nun wirklich totaler Quatsch. Ich schüttle den Kopf in ihre Richtung, aber sie kapiert nicht. Und während ich ihr noch verständlich zu machen versuche, dass ich auch mit vier Augen keine Chance hätte, höre ich plötzlich, wie Sandiswa neben mir heranstürmt. »Lauf!«, keucht sie, »lauf, Jabu …!«

Mir ist augenblicklich klar, was sie vorhat. Wie durch ein Wunder hat sie es geschafft durchzubrechen. Vielleicht weil unsere Gegnerinnen dachten: Was soll die Kleine aus der Verteidigung schon im Sturm ausrichten?

Aber dann haben sie mich übersehen. Und ich renne, als wäre eine ausgebrochene Elefantenherde hinter mir her. Die spitzen Steine unter meinen Fußsohlen sind wie Federn, die meinen Lauf nur noch beschleunigen. Weiter, weiter! Wo ist Sandiswa? Sie hat den Ball noch immer vor sich. Da nähert sich eines der Riesenmädchen von hinten und holt sichtlich auf. Schieß, Sandiswa! Warum gibt sie denn den Ball nicht ab an mich?

Ich bin nur noch gut fünfzehn Meter vom gegnerischen Tor entfernt. Die Torhüterin aus *Gugs* hat jedes Grinsen verloren. Im wirklich allerletzten Moment tritt Sandiswa das Leder zu mir. Der Ball kommt passgenau. Ein Wunder, so gut hat Sandiswa noch nie geschossen. Eine Traumvorlage! Der Muskelberg im Tor wirft sich in die linke Torhälfte – ich schieße in letzter Sekunde nach rechts. LADUUUMA! TOOOR!

Unsere Masi-Fans sind aus dem Häuschen. Obwohl das Spiel noch nicht abgelaufen ist, rennen mehrere auf den Platz, um uns zu umarmen. Mein Bruder und ein Nachbarsjunge nehmen mich und Sandiswa auf die Schultern und lassen uns hochleben. Wohl noch nie zuvor war Lonwabo so stolz auf mich.

Ich höre, wie Pastor Khanya alle Zuschauer über Lautsprecher auffordert, sich ordentlich zu betragen und das Spielfeld zu verlassen. »Noch zehn Minuten zu spielen!«, hallt seine Stimme über den Platz.

Als Lonwabo mich von seinen Schultern absetzt, steht plötzlich ein Junge vor mir, den ich noch nie gesehen habe. Auch er strahlt mich an und sagt mit einem mir nicht bekannten leichten Akzent in Englisch: »Dein Tor war klasse!« Dann streckt er höflich seine Hand aus, wie um mir zu gratulieren.

Bevor ich reagieren kann, springt Lonwabo dazwischen. »Pfoten weg von meiner Schwester!«, fährt er den Jungen an, der beinah genauso groß ist wie er, aber deutlich schmächtiger und wohl auch jünger. Dann spuckt Lonwabo vor ihm aus und sagt verächtlich: »Mach, dass du hier wegkommst, *Kwerekwere*!«

Ein paar andere Jungen lachen, bevor sie der Aufforderung von Pastor Khanya folgen und den Platz verlassen. Nur für einen Augenblick schauen wir uns in die Augen – der Junge mit dem leichten Akzent und ich. Dann zieht mich Phumla mit zu den anderen aufs Feld, denn der Schiedsrichter wird jeden Moment das Spiel wieder anpfeifen.

Ich sehe aus dem Augenwinkel, wie der Junge, der offenbar ganz allein ist, langsam vom Platz geht, zurück zur staubigen Nordseite. Mir ist, als würde er hinken.

Die letzten Minuten des Spiels sind eher langweilig. Die Mädchen aus *Gugs* scheinen wie im Schock nach unserem einzigen Tor. Selbst Ma Dudula hat wieder ihr unfreundliches Gesicht, obwohl klar ist, dass ihr Team gewinnen wird.

Nach dem Abpfiff werden wir von unseren Fans gefeiert, als hätten wir gewonnen. Auch Pastor Khanya gratuliert uns und lädt uns alle zum *Braai* ein, den Mitglieder seiner Gemeinde im Hof der Grundschule vorbereitet haben.

Den ganzen Nachmittag, selbst während des Spiels der Jungenmannschaften, geht mir jene kurze Begegnung auf dem Spielfeld nicht mehr aus dem Kopf: Wer ist dieser freundliche Junge, der den Mut gehabt hat, mir zu gratulieren, obwohl er anscheinend nicht von hier stammt? Und der auf so hundsmiserable Weise von meinem Bruder behandelt worden ist?

Überall schaue ich mich nach ihm um. Aber auch die kleine Gruppe, zu der er hinkend zurückgegangen war, ist wie vom Erdboden verschwunden. Woher kommt er? Wie heißt er? Warum kennt ihn sonst niemand?

Bei der abendlichen Feier zum Abschluss des Sportfests sind alle bester Stimmung. *Kwaito* dröhnt aus allen Lautsprechern. Später erhält selbst Unathi ihren Karaokeauftritt, zusammen mit ein paar anderen Mädchen. Auch mein Bruder Lonwabo kommt mehrmals vorbei, um mich seinen Freunden gegenüber als seine »starke Schwester« vorzustellen. Er merkt natürlich, dass etwas nicht okay ist mit mir, hat aber wohl beschlossen, es zu ignorieren.

Wenn ich die Augen schließe, kann ich das Gesicht vor mir sehen: seine dunkelbraunen Augen und den sanften Mund mit vollen Lippen und blitzend weißen Zähnen. Wenn ich ihn doch nur wiedertreffen könnte.

Ich tanze mit niemandem an diesem Abend, obwohl mehrere Jungs deutlich zeigen, dass sie es wollen. Einmal fragt Unathi: »Immer noch dein Auge?« Ich nicke. Selbst ihr kann ich nicht sagen, an wen ich immerzu denken muss.

Noch vor Ende der Party mache ich mich auf den Heimweg. Kaum habe ich das Schulgelände verlassen, als sich aus dem Schatten eines Baums eine magere Gestalt löst und einen vorsichtigen Schritt auf mich zumacht.

Ich weiß, dass nur er es sein kann.

Die Hütte –
iShack

Zuerst sehe ich nur seine weißen Zähne in der Dunkelheit blitzen. Er lächelt. So schüchtern. Gut einen Meter vor mir bleibt er stehen und rührt sich nicht. Nur das Lächeln.

»*Molo* – hallo …«, sage ich so leise, dass ich es selbst kaum hören kann.

Er antwortet nicht. Am Weiß in seinen Augen erkenne ich, dass er sich vorsichtig umschaut, ob wir auch wirklich allein sind.

Dann hebt er seine rechte Hand und winkt mir, ihm zu folgen. Ich tue es, ohne zu zögern und obwohl ich noch immer nichts von ihm weiß. Mein Herz klopft aufgeregt.

Gleichzeitig spüre ich eine tiefe Sicherheit. Er ist es. Ihm will ich folgen. Jetzt. Er wird mir nichts antun. Er achtet darauf, dass ein Abstand zwischen uns bleibt.

Zuerst gehen wir noch ein ganzes Stück am Zaun des Schulgeländes entlang. Dort, wo das Licht der

Straßenlampen nicht hinreicht. Obwohl er auch jetzt leicht sein linkes Bein nachzieht, bewegt er sich so, als würde er sich genau auskennen. Kein einziges Zögern. Wohin will er mit mir gehen?

Ich betrachte seinen schmalen Rücken, als ich hinter ihm herstolpere. Er hat auch ziemlich dünne Arme, was ich jetzt, als sich meine Augen an das fahle Mondlicht gewöhnt haben, gut erkennen kann. Obwohl er einen Kopf größer ist als ich, glaube ich, dass ich stärker bin als er. Nur für alle Fälle.

Wir haben jetzt den Rand des Township erreicht, dort, wo eine ziemlich hohe Mauer unsere Armensiedlung von einem benachbarten Industriegebiet trennt, auf dem sich ein Baumateriallager, Schrotthalden und Autowerkstätten befinden. An der Spitze eines ausrangierten Baukrans hängt ein Scheinwerfer und bestrahlt einen Teil des Geländes. Erst jetzt kann ich sein Gesicht richtig erkennen.

»Ich habe hier so was wie einen geheimen Ort – nur für mich«, flüstert er, obwohl weit und breit niemand in der Nähe ist. »Darf ich ihn dir zeigen?«

Sein Englisch klingt anders, als wir es sprechen. Kein Fluchen. Eine Aussprache, wie ich mir vorstelle, dass man vielleicht in England so spricht. Vornehm irgendwie.

Ich nicke. Wieder lächelt er und schaut mir dabei direkt in die Augen. Länger als gewöhnlich. Ich halte seinem Blick stand.

»Komm«, sagt er und nimmt ohne Vorwarnung meine Hand.

Dann schiebt er unmittelbar vor uns eine dünne Zementplatte zur Seite. Sie lässt sich erstaunlich leicht bewegen und gibt Raum für eine Öffnung, die groß genug ist, dass wir auf unseren Knien hindurch zur anderen Seite krabbeln können.

Dort richten wir uns wieder auf und lauschen in die Nacht. Am anderen Ende des Geländes bellt ein Hund. Eine Männerstimme ruft ihn zur Ordnung. Der Junge legt einen Finger auf seinen Mund. Kurz darauf verstummt das Gebell. Noch immer hält er mich an der Hand.

Wir klettern über eine Sandhalde, dann noch eine, bis wir zu einem Lager für Mauersteine kommen. Die Steine sind in Blöcken so hoch aufgeschichtet, dass man sich dazwischen wie in kleinen Straßen bewegt.

Ein paarmal biegen wir links und rechts ab. Dann erreichen wir das Ende des Baumateriallagers und stehen plötzlich vor einem Holzzaun. Jedenfalls denke ich das. Erst jetzt erkenne ich, wie der Junge einen kleinen hölzernen Riegel zurückschiebt und eine schmale Tür öffnet, die ich zuvor gar nicht gesehen habe.

»Wir sind da«, sagt er und flüstert nicht mehr. Er stößt die Holztür weit auf und geht voran. Ich warte noch draußen, bis er eine wackelige *Paraffin*-Lampe entzündet hat. In ihrem schummrigen Licht erkenne ich einen kleinen Raum, der nicht mehr als eine Matratze, einen Koffer und einen Stuhl enthält. Kein Schrank, kein Tisch, nicht mal ein Teppich auf dem platt gestampften Erdboden.

Ohne ein weiteres Wort folge ich ihm. Es ist stickig in dem kleinen Raum. Ich bin froh, dass er die Tür offen lässt. Er scheint sich hier sicher zu fühlen, denn nun schaut er sich nicht mehr dauernd um oder lauscht abwartend in die Dunkelheit.

»Hier wohne ich«, sagt er und schiebt mir den einzigen Stuhl zu. »Setz dich doch.«

Obwohl es komisch wirkt, nehme ich Platz wie jemand, der bei einer entfernten Tante zu Besuch ist.

»Willst du etwas trinken?«, fragt er, als ob wir gerade ein vornehmes Restaurant betreten hätten. Es gibt hier keinen Kühlschrank. Ich sehe nur in einer Ecke ein paar mit Wasser gefüllte Colaflaschen stehen.

»Gern«, sage ich trotzdem und bin vorbereitet,

einen Schluck warmes Wasser aus einer der Flaschen zu bekommen.

Zu meiner Überraschung holt er eine Dose Sprite aus seiner Hosentasche. Er zieht die Lasche mit einem Zischen ab und reicht mir das Getränk. Eiskalt!

Ich muss lachen: »Hm … lecker!« Wahrscheinlich hätte er aus der anderen Hosentasche eine Cola gezogen, wenn ich lieber eine Cola gewollt hätte. »Mann, woher wusstest du denn überhaupt, dass ich mitkomme?«

»Ich wusste es nicht«, antwortet er. »Ich habe es mir gewünscht.« Und nach einer Pause: »Ich habe davon geträumt. Schon seit ein paar Wochen.«

»Was?« Beinah wäre ich vom Stuhl gefallen. Ich habe den Jungen noch nie gesehen – und er träumt schon Wochen von mir? »Woher kennst du mich denn?«

»Vom Fußball«, erklärt er. Ich mag seine tiefe Stimme. »Ich habe euch oft beim Training beobachtet. Von hinter den Bäumen an der Südseite des Spielfelds. Da, wo heute dein Bruder und all deine Freunde standen.«

Er selbst trinkt nichts. Als ich ihm die Spritedose reichen will, wehrt er bescheiden ab.

Dann fährt er fort: »Zuerst war ich einfach nur

verrückt nach Fußball. Daheim habe ich keinen Auftritt unserer Dorfmannschaft versäumt, obwohl ich selbst nie spielen konnte.« Wir schauen beide auf sein linkes Bein. Ich sehe jetzt, da er mit ausgestreckten Füßen vor mir auf dem Boden sitzt, dass sein linkes Bein kürzer als das rechte ist.

»Ich bin sowohl zu den Spielen und Trainings der Jungen als auch der Mädchen gegangen. Wann immer ich nicht arbeiten musste. Bis ich dich sah. Ich meine – richtig sah. Nur dich. Wie du rennen kannst, wie du lachst, wie du schimpfst, wie …«, er zögert einen Moment, sagt dann aber entschlossen: »Wie schön du aussiehst!«

»Dann hast du mich also schon ohne mein geschwollenes Auge gesehen?« Ich bin erleichtert.

»Ja«, nickt er. »Ich bin heute eigentlich nur wegen deines verletzten Auges auf den Platz gekommen. Ich habe mir Sorgen gemacht. Und dann wollte ich dir sagen, wie glücklich ich mit dir bin wegen des Supertors, das du geschossen hast!«

»Mann … und ich habe dich nie vorher gesehen …«

»Konntest du auch nicht. Ich habe aufgepasst, dass ihr mich nicht bemerkt. Habe immer hinter dem großen Baum gestanden. Manchmal auch auf einem hohen, starken Ast gesessen, wenn andere in der Nähe waren, weil ich wusste, dass viele von euch uns nicht leiden können.«

»Woher kommst du denn?«, unterbreche ich ihn zum ersten Mal.

»Aus SIM«, antwortet er, »aus einem kleinen Dorf nördlich von Harare.«

SIM steht für *Simbabwe*, und Harare ist dort die Hauptstadt. Ich weiß nur, dass seit drei, vier Jahren immer mehr Leute von dort bei uns auftauchen, weil es in SIM nicht genug zu essen gibt und viele Menschen hungern. Von Arbeit und Medikamenten ganz zu schweigen. Auch der Junge sieht ziemlich verhungert aus, muss ich zugeben.

»Wir haben nichts gegen euch«, sage ich und schäme mich gleichzeitig dafür, weil ich weiß, dass es nicht die ganze Wahrheit ist. Vor allem, als er nicht darauf antwortet. Mein Bruder hat schließlich mit seiner großen Klappe genau bestätigt, was er gerade gesagt hat.

Noch immer schweigt er. »Hast du auch gehungert?«, frage ich leise nach.

»Ja«, antwortet er.

»Bist du allein gekommen?«

»Nein, meine Mutter und meine Tante sind mitgekommen. Mein Vater ist mit zwei kleineren Geschwistern zurückgeblieben. Er hat sich durch verseuchtes Trinkwasser mit Cholera angesteckt … und gute Medikamente sind schon vor Monaten ausgegangen in unserem Krankenhaus. Meine Tante ist seine Schwester. Sie will zurück, sobald sie genug Geld und vor allem die richtigen Medikamente aufgetrieben hat. Sie hat selbst keine Familie. Ihr Bruder ist alles für sie.«

»Aber wo wohnen denn deine Mutter und deine Tante?«

»Auch hier bei euch in Masi – sie teilen ein *Shack* mit einer dritten Frau aus SIM, die wir bei der Flucht kennengelernt haben und die schon früher mal hier war. Es ist jedoch so eng dort, dass Mutter froh war, als ich den Job bei der Baufirma gefunden habe und seitdem auch hier wohnen darf. Sie zahlen zwar kaum was, aber die Bude hier ist einfach klasse, und ich kann mit den anderen Arbeitern in der Kantine umsonst essen.«

Ich nicke, obwohl ich mir gut vorstellen kann, wie heiß es hier tagsüber sein muss, wenn die Sonne draufknallt. Sein *Shack* hat nicht mal ein Fenster, nur die Tür.

»Und wie bist du geflüchtet?«, frage ich nach.

»Nachts«, sagt er, als wenn es das Normalste von der Welt wäre. »Immer nur nachts. In einer Gruppe mit anderen Flüchtlingen. Jemand hatte uns von einer Stelle im Grenzzaun erzählt, die schon von anderen mit Drahtzangen aufgeschnitten worden war. Und er hat viel Geld dafür genommen.

Aber als wir endlich nach drei Nächten marschieren dort ankamen, war der Zaun schon wieder repariert und sogar mit Stacheldraht oben und unten verstärkt. Die Anführer gerieten selbst in Panik und entschieden schließlich, dass wir doch rübermüssten, so oder so. Zwei Männer, die es mit der Angst bekamen und abhauen wollten, wurden von ihnen dermaßen verprügelt, dass wir anderen es gar nicht erst versuchten. Die beiden mussten, obwohl sie schon von den Schlägen bluteten, den Draht für uns hochzerren, und dann zwängten wir uns, einer nach dem anderen, drunter durch. So gut es eben ging.

Nur eine Frau, die hochschwanger war, musste zurückbleiben, weil sie mit ihrem dicken Bauch einfach nicht durchpasste. Es war ein Wunder, dass sie überhaupt so lange durchgehalten hatte. Beinah alle zerrissen wir uns die Kleidung. Aber am schlimmsten ging es am Ende den beiden Männern: Ihre Hände waren völlig aufgerissen, alles blutig. Das wenige Gepäck, das einige noch hatten, mussten wir zurücklassen. Alles.

Wieder sind wir zwei Nächte gelaufen, bis wir an

einer Straßenkreuzung in Südafrika von Kleinbussen abgeholt wurden. Das heißt, nur die, die noch Geld oder andere Wertsachen hatten. Meine Tante hatte noch eine Armbanduhr versteckt, die sie jetzt eintauschte für die Fahrt nach Kapstadt. Und auch die Frau, die uns mitnahm, hier nach Masi, hatte noch was zum Tauschen.

Die anderen mussten an der Kreuzung sitzen bleiben, ohne was zu essen, ohne Geld, nur mit den zerrissenen Kleidern am Leib. Dabei waren auch mehrere kleine Kinder und ein uralter Mann, der am Boden lag und kein Lebenszeichen mehr von sich gab.«

Ohne Luft zu holen, hat er von der Flucht berichtet. Offensichtlich erleichtert es ihn, dass er sich all die erlebten Schrecken endlich einmal von der Seele reden kann.

»Und was ist aus denen geworden, die kein Geld oder sonst was zum Tauschen mehr hatten?«

Er zuckt mit den Schultern.

Dann bleibt er ganz lange still. Es ist, als hätte ihn jemand geschlagen. Er sitzt mit gesenktem Kopf und hängenden Schultern vor mir. Ich mag nicht mehr auf dem Stuhl wie auf einem Thron hocken. Leise erhebe ich mich und setze mich neben ihn auf den Erdboden.

Als er nicht reagiert, lehne ich mich mit dem Rücken gegen eine mit Zeitungspapier beklebte Wellblechwand und achte darauf, ihn nicht zu berühren. Dabei gibt es kaum genug Platz, um überhaupt nebeneinander auf dem Boden zu sitzen.

Ganz lange hocken wir so nebeneinander. Obwohl wir kein Wort sagen, sind wir uns doch nah. Nicht nur räumlich. Irgendwann legt er seine linke Hand sanft auf meine rechte. Mir ist, als könnte ich seinen Puls, sein Herz durch die warme Hand auf meiner fühlen.

Langsam, ganz langsam lehnt er seinen Körper gegen meinen. Wir umarmen uns wie Kinder. So vorsichtig, als könnte etwas zerbrechen. Obwohl er so dünn ist, spüre ich doch, wie stark er ist. Viel stärker, als ich vermutet hätte.

Irgendwann fällt mir ein, dass ich tatsächlich niemandem gesagt habe, wo ich bin, und Lonwabo und Vater vermutlich längst daheim sind und sich Sorgen um mich machen.

Erst jetzt sehe ich, dass ein kleiner, roter Plastikwecker neben seiner Matratze auf dem Boden steht. Die Leuchtzeiger stehen auf ein Uhr. Erschrocken springe ich auf.

»So spät komme ich sonst nie nach Hause – oh Mann, das wird Ärger geben …«

Er begleitet mich noch bis zu unserer Township-Mauer. Inzwischen weiß ich selbst, wie ich die Zementplatte verschieben muss.

»Wirst du wiederkommen?«, fragt er, jetzt wieder flüsternd.

Ich nicke und will schon loslaufen. Da halte ich noch mal inne, drehe mich um – und küsse ihn auf den Mund.

»Ja!«, rufe ich dann – ganz laut, als würde es mir gar nichts mehr ausmachen, selbst wenn mich ganz Masi hört.

So lasse ich ihn stehen und laufe am Schulgelände entlang und die wenigen dunklen Straßen bis zu uns nach Hause. Vater ist noch auf, hat aber bereits so viel *Umqomboti* getrunken, dass ihm gar nicht auffällt, wie spät es schon ist. Und Lonwabo ist selbst noch nicht daheim, sondern hängt irgendwo anders mit seinen Freunden herum. Ich habe Glück gehabt.

»Unathi hat gut gesungen«, lallt Vater freundlich.

»Ja«, stimme ich ihm zu. »Das hat sie …«

Dann kleide ich mich aus und schlüpfe unter eine leichte Decke. Die Nacht ist noch immer warm. Ich kann an nichts anderes denken als an ihn.

Was für ein Abend. Was für ein besonderer Junge.

Erst kurz vorm Einschlafen fällt mir ein, dass ich ihn noch gar nicht nach seinem Namen gefragt habe.

Der Geburtstag –
Umhla Wokuzalwa

Seit ich seinen Namen weiß und wie alt er ist, habe ich auch den Mut, nach seiner Mutter zu fragen. Ich mag Romeo, und ehrlich gesagt hätte ich ihn auf älter als vierzehn geschätzt.

»Wollen wir sie nicht einmal besuchen?«, frage ich ihn neugierig.

Aber Romeo wehrt lange ab: »Es ist nicht gut, wenn uns andere Leute auf der Straße zusammen sehen. Ich habe *Ma* auch bisher nichts von uns erzählt.«

Ich muss zugeben, dass ich auch Vater und Lonwabo noch nicht anvertraut habe, wohin ich mindestens dreimal in der Woche nach dem Training gehe. Nur Unathi hat längst etwas gemerkt, weil ich früher nach dem Fußball meist noch bei ihr zum Musikhören war.

Und wir haben uns noch nie angelogen.

»Du hast einen Typ, nicht?«, fragt sie mich schon in der ersten Woche nach Ostern.

Ich nicke, sage aber zuerst nichts weiter.

»Los, erzähl doch schon!«, drängt sie mich und versetzt mir lachend einen Stoß in die Seite. »Sieht er so scharf aus, dass es sonst niemand wissen darf?«

»Es ist ...«, beginne ich und breche wieder ab. »Es ist nicht so einfach ...«

Aber natürlich mache ich Unathi damit nur neugierig. Jetzt will sie es erst recht wissen.

Und so erfährt sie schließlich die ganze Wahrheit. Am Ende ist sie selbst still und begreift mein Zögern. »Mann, Jabu, das ist ja ein Hammer ... Ein Junge aus SIM. Weiß es Lonwabo schon?«

Ich schüttle den Kopf.

Unathi versteht mich aber wenigstens hundertprozentig. »Er muss schon ziemlich klasse sein, dass du so hin und weg von ihm bist ...«

Genauso ist es. Seit jenem Ostermontag habe ich so viel mehr von ihm erfahren. Wie sparsam er ist und selbst von dem wenigen Geld, das er bei der Baufirma bekommt, noch seiner Mutter etwas abgibt. Wie hart er arbeiten muss, oft mehr als zehn Stunden beim Beladen der Lastwagen mit Steinen und anderem Material. Wie ordentlich und sauber er ist, obwohl doch alles ziemlich armselig ist in seiner Hütte und es nur einen Wasserhahn ziemlich weit weg gibt. Wie er sein einziges weißes Hemd sorgfältig auf seinem Koffer presst nach dem Waschen, da er natürlich kein Bügeleisen hat. Wie gut wir über einfach alles miteinander reden können.

Und ... wie zärtlich er zu mir ist, wie liebevoll. Wie schön es ist, wenn er mich streichelt, mich festhält. Und selbst Kondome hat er bereitliegen, ohne dass ich etwas sagen muss. Noch sind wir nicht so weit. Aber wenn wir einmal richtig Sex haben werden, irgendwann später, werde ich mich auf ihn verlassen können. So war bisher noch kein Junge zu mir. Niemals zuvor.

Und dann lerne ich beide, seine Mutter und seine Tante, nur ein paar Tage später durch einen Zufall kennen. Ohne dass wir auch nur Zeit hatten, etwas zu planen.

Es geschieht an einem frühen Samstagabend, an dem ich Vater in seinem *Spazashop* helfe, weil wir am Wochenende nicht trainieren und so kurz nach dem großen Sportfest auch noch kein neues Spiel ansteht. Ich hoffe darauf, später noch zu Romeos Hütte zu gehen. Später, wenn es dunkel ist und Vater sich meist aufmacht, mit Freunden in einer nahen *Shebeen* zu trinken und Karten zu spielen.

Makhulu ist für das Wochenende zu einer Beerdigung gefahren und wird erst Montag wieder bei uns sein. Lonwabo sitzt mit einem Freund im Hinterzimmer des Ladens, wo sie ein neues Handy ausprobieren, mit dem man jede Menge Musik kopieren kann. Sie teilen sich einen Kopfhörer und swingen ihre Oberkörper begeistert im Rhythmus einer Musik, von der wir nichts hören.

»Du kannst schon mal die Theke abwischen!«, ruft Vater, der seinerseits begonnen hat, die Gemüsekisten von der Straße hereinzuholen.

In dem Moment kommen zwei Frauen, die Vater anscheinend kennt. »*Molweni* … hallo, *Ladys*, was darf's denn sein?« Zu mir zieht er eine eigenartige Grimasse, die ich erst nicht verstehe. Normalerweise spricht er Frauen im Township nicht mit dem englischen Wort *Ladys* an.

»*How are you?* – Wie geht es Ihnen?«, antwortet die ältere der beiden höflich und mit einem englischen Akzent, der mir vertraut vorkommt.

Dann wählt die andere Frau sorgfältig ein paar Karotten, Tomaten und Äpfel aus. Vater wiegt alles ab und nennt den Preis. Die ältere legt vier Äpfel wieder zurück, und Vater wiegt erneut ab. Jetzt stimmt der Preis für sie.

Als sie schon beinah gehen wollen, hält die jüngere Frau noch mal inne und fragt Vater: »Haben Sie auch *Biltong*?«

Vater nickt und legt verschiedene eingeschweißte Päckchen des getrockneten Fleisches auf die Theke. »Ist aber ziemlich teuer.«

Die Frauen studieren sorgfältig die kleinen Zettel, die an jedem Päckchen hängen und auf die Vater die Preise geschrieben hat: zwanzig *Rand*, dreißig *Rand*, vierzig *Rand*.

Die Frauen tuscheln miteinander und zählen dann erneut alle Münzen, die noch übrig sind. Es scheint gerade zu reichen. »Wir nehmen das für zwanzig *Rand*«, sagt die jüngere Frau und fügt dann stolz hinzu: »Es ist für meinen Jungen – er mag es so gern, und morgen ist sein Geburtstag!«

Natürlich habe ich längst den englischen Akzent erkannt. Die beiden sprechen genauso wie Romeo. Mein Herz klopft. Aber ich versuche, meine Aufregung nach außen hin zu verbergen. Ich halte mit dem Wischen der Theke inne und sammle die Münzen der beiden Frauen ein, bevor ich sie in Vaters Kasse lege und abschließe.

Dann nehme ich die vier Äpfel, die sie zurückgegeben haben, und folge den beiden nach draußen. Vater beachtet mich zunächst nicht, wohl weil er vermutet, ich würde sie nur in die große Gemüsekiste beim Eingang zurücklegen.

Kaum bin ich jedoch mit den beiden Frauen

draußen, spreche ich sie so unauffällig wie möglich an: »*Sorry*, darf ich Sie etwas fragen?«

Unsicher bleiben beide stehen. »*Yes?*«

»Kommen Sie aus *Simbabwe*?«

Ich merke, dass sie sich bei der Frage unbehaglich fühlen. Sie können schließlich auch nicht wissen, was mich bewegt.

Vorsichtig fragt die ältere der beiden deshalb zurück: »Warum möchtest du das wissen?«

Jetzt setze ich alles auf eine Karte und wende mich direkt an die jüngere Frau: »Heißt Ihr Sohn Romeo?«

Sie zuckt ein wenig zusammen, aber dann wagt sie ein schüchternes Lächeln. »Kennst du ihn?«

»Ja!«, strahle ich sie an.

»Oh«, sagt sie und sucht sichtbar nach Worten, aber wiederholt dann nur: »Oh …«

»Er ist sehr nett!«, erkläre ich und drücke ihr die vier Äpfel in beide Hände.

Sie wehrt jedoch ab. »Das ist sehr lieb von dir, aber dein Vater ist dir sicher böse …«

»Nein!«, entgegne ich, denn Vater ist oft großzügig, wenn eine seiner Kundinnen mal nicht bezahlen kann. Und am Samstag müssen wir sowieso ab und zu Obst verschenken, was sich nicht bis Montag hält, wenn der Laden wieder öffnet.

Schließlich akzeptieren sie die vier Äpfel und stecken sie in ihre Plastiktüte zu den anderen.

»Das ist so freundlich von dir. Wie heißt du denn?«, fragt die Ältere.

»Jabulile«, antworte ich. »Aber die meisten nennen mich nur Jabu.«

»Und du kennst wirklich meinen Romeo?«, fragt die Jüngere, als sie sich schon zum Gehen gewandt haben.

Ich nicke mit frohem Gesicht, winke ihnen zum Abschied zu und drehe mich um zum Laden.

Als ich Vater in der Ladentür sehe, erstirbt mein Lächeln. Wütend winkt er mich zu sich. »Bist du verrückt geworden? Das sind *Kwerekwere*, aus SIM abgehauen, um uns hier die Arbeit zu stehlen. Denen musst du doch nicht auch noch was schenken! Es reicht, wenn ich sie wie andere Kunden behandle. Das machen noch längst nicht alle.«

Am Ende schreit er so laut, dass Lonwabo und sein Freund sich die Kopfhörer rausziehen, neugierig aufstehen und hinzukommen.

Da kann auch ich mich nicht mehr beherrschen und spreche ebenfalls lauter als sonst: »Was haben die beiden Frauen dir denn getan? Die lassen ihr weniges Geld bei dir, und dein Verhalten nennst du eine Freundlichkeit?«

Jetzt mischt sich auch noch Lonwabo ein und ruft mit höhnischem Unterton: »Die Simbos sind wohl deine Freunde, was?«

»Ihr seid nur blöd!«, entgegne ich wütend und kann nur knapp ausweichen, als Vater mir eine Ohrfeige geben will.

»So sprichst du nicht mit mir!«, schreit er wütend. Lonwabo grinst.

Ich springe einen weiteren Schritt zurück und atme nur tief ein und aus.

»Du kommst sofort her und bleibst heute im Haus, bis du wieder bei Verstand bist!«, ruft er im Kommandoton.

Normalerweise schlucke ich so was und schaue dann eben einen Abend nur in die Glotze. Aber nicht heute. Nicht, seitdem ich Romeo kenne.

Ohne ein weiteres Wort drehe ich mich um und laufe davon.

Vielleicht wäre es ja klüger gewesen, nach diesem Theater einfach zu Unathi zu gehen und dort zu warten, bis Vater sich wieder abgekühlt hat, um dann eben einen Fernsehabend daheim zu verbringen.

Aber ich habe Romeo zwei Tage zuvor versprochen, zu ihm zu kommen. Und nun weiß ich sogar, dass morgen sein Geburtstag ist!

Da es noch nicht dunkel genug ist, gehe ich tatsächlich zuerst bei Unathi vorbei.

»Was ist denn mit dir los?«, fragt sie neugierig. Sie kennt mich gut genug, um allein an meinem Gesicht zu sehen, wie sehr ich mich geärgert habe. In wenigen Sätzen berichte ich ihr, was gerade in Vaters Laden vorgefallen ist.

»Das mit der Arbeit ist wirklich Quatsch«, meint Unathi. »Die beiden Frauen, von denen du sprichst, habe ich auch schon gesehen. Die bessern Kleidung aus für einen Hungerlohn und nur für Leute aus Masi, die selbst zu doof oder zu faul dazu sind.«

Und nach einer Pause fragt sie: »Und was machst du jetzt?«

»Ich gehe zu ihm«, sage ich entschlossen.

»Bist du sicher? Das kann ganz schönen Ärger geben …«

»Na, wenn schon«, entgegne ich nur. »Romeo hat niemandem etwas getan. Er wartet auf mich.«

Dann hören wir noch eine halbe Stunde Musik, bis es richtig dunkel ist und ich mich auf den Weg zu ihm machen kann.

Schon als ich über den zweiten Sandhügel klettere, kann ich sehen, dass er auf mich wartet. Der am hohen Kran im Wind wackelnde Scheinwerfer spendet genug Licht. Romeo hat sein weißes Hemd an, steht vor der geöffneten Holztür und späht in meine Richtung. Ich winke ihm aufgeregt zu, und er winkt ebenso wild zurück. Laut zu rufen trauen wir uns beide nicht.

Die letzten Meter durch das Backsteinlabyrinth renne ich, so schnell ich kann. Dann fallen wir uns in die Arme und halten uns einfach nur ganz fest.

»Du hast mir so gefehlt«, flüstert er in mein Ohr. »Zwei Tage können so lang sein ...« Er duftet nach frischer Seife und hat seine kurzen Locken neu geflochten.

Als ich mich in seiner Hütte umsehe, bemerke ich, dass er nicht nur alles gefegt und besonders ordentlich aufgeräumt hat, sondern auch eine leere Bananenkiste mit einem Tuch bedeckt und mit zwei Papptellern geschmückt hat.

»Es gibt was zu feiern!«, sagt er geheimnisvoll.

Ich strahle ihn an. »Ich weiß – du wirst morgen fünfzehn!«

Erstaunt schaut er mich an. Dann bitte ich ihn, sich hinzusetzen, damit ich ihm alles erzählen kann, was passiert ist. Kein einziges Mal unterbricht er mich. Als ich an der Stelle mit den vier Äpfeln bin, lächelt er und nimmt meine Hand. Am Ende erkläre ich nur etwas betrübt: »Weil ich so schnell abgehauen bin, habe ich nun gar kein Geschenk für deinen Geburtstag.«

»Du bist mein schönstes Geschenk«, sagt er und küsst mich auf den Mund. »Außerdem hast du meiner *Ma* eine Freude gemacht.«

Heute Abend hat er zwei eiskalte Dosen Sprite organisiert und dazu noch mit Hühnerfleisch belegte Brote. Es muss ein Vermögen gekostet haben.

»Ich bin so froh!«, ruft er, als er die Dosen öffnet. »Das ist mein schönster Geburtstag seit Jahren. Und morgen feiere ich sogar noch mal mit meiner Tante und meiner *Ma!*« Von dem *Biltong*, das die beiden für ihn gekauft haben, verrate ich nichts.

Nach dem Essen räumen wir erst alles auf, kuscheln uns dann zusammen auf seine Matratze und erzählen uns noch mehr aus unserem Leben: Romeo berichtet über seine zwei kleineren Geschwister und dass er besonders seinen Babybruder vermisst, der gerade mal zwei ist.

Und ich erzähle ihm noch mehr von Lonwabo, den ich überhaupt nicht vermisse, weil er nur blöde Freunde hat und fast immer auf Vaters Seite gegen mich ist. Mit niemandem kann ich so reden wie mit Romeo.

Wie immer vergeht die Zeit viel zu schnell. Obwohl es ein so besonderer Abend ist, achte ich heute ganz genau auf die Zeit, um nicht noch mehr Ärger zu bekommen.

Zum Abschied fahre ich mit meiner Hand unter sein Hemd und fühle sein Herz. Dann nehme ich seine Hand und lasse ihn mein Herz fühlen. »Für dich …«, flüstere ich, bevor ich mich endlich losreiße und davonlaufe.

Von Weitem sieht alles normal aus bei Vaters Laden. Ich hoffe, dass Vater und Lonwabo erst später kommen, wie es manchmal samstags geschieht, und ich unbehelligt ins Bett schlüpfen kann.

Als ich gerade das kleine Schloss zur hinteren Tür aufschließen will, steht Unathi plötzlich neben mir. Sie bebt am ganzen Körper, hat offensichtlich schon länger gewartet. »Mein Gott, da bist du ja endlich!«

»Was tust du denn hier um diese Zeit?«, frage ich sie erstaunt.

Dann sprudelt es aus ihr heraus: »Kaum warst du weg, stand plötzlich Lonwabo mit einem seiner idiotischen Freunde bei uns vor der Tür. Sie schrien rum: ›Wo ist Jabu, die Schlampe?‹ Ich stellte mich blöd und fragte zuerst ganz ruhig: ›Wieso macht ihr so 'n Theater?‹

Aber dein Bruder war kaum zu halten und brüllte: ›Die hat einen Simbo als Freund! Jemand hat sie gesehen mit dem! Wenn wir den finden, machen wir ihn alle!‹ Dann packte er mich am Kragen und drohte: ›Wenn du uns nicht sagst, wo die beiden sich verstecken, bist du auch dran!‹

Nun weiß ich ja zum Glück echt nicht genau, wo Romeos *Shack* ist. Aber bevor ich etwas sagen konnte, schritt meine Mutter ein und riss ihn von mir los. ›Bist du völlig verrückt geworden, Lonwabo! Lass sofort meine Tochter los, oder ich rufe die Polizei!‹

Da endlich verzogen sie sich wieder, aber ich dachte, ich muss dich einfach warnen. Ich habe keine Ahnung, wo die sich jetzt rumtreiben.«

»Danke, Unathi«, sagte ich ernst. Sie war wirklich meine beste Freundin. Aber was sollte ich jetzt nur tun?

Die Bedrohung –

Isigrogriso

Unathi bleibt noch eine Weile bei mir, aber dann beschließen wir beide, dass sie besser geht, bevor auch ihre Mutter sich Sorgen macht. Wir werden uns spätestens morgen nach der Kirche wiedersehen.

Ich kann lange nicht einschlafen. So dicht können Glück und Gefahr nebeneinanderliegen. Der Abend mit Romeo war der schönste von allen bisher. Ich ertappe mich dabei, wie ich mir mein Leben, meine Zukunft gar nicht mehr ohne ihn vorstellen kann. Aber wenn ich an Lonwabo und seine Freunde denke, die im Kern nicht schlechter als die meisten anderen Jugendlichen in Masi sind, dann wird mir nur übel.

Während ich mich noch auf meiner Matratze hin und her wälze, um Schlaf zu finden, höre ich plötzlich laute Stimmen im Hof. Das ist Lonwabo, der mit seiner Bande heimkommt. Sofort bin ich wieder hellwach.

Ohne Rücksicht poltern sie herein und knipsen die Glühbirne an, die in der Mitte des Zimmers an einem Kabel baumelt.

»Sie ist hier!«, ruft er seinen Kumpels zu, die daraufhin in mein kleines, vom Hauptraum nur durch eine Pappwand getrenntes Zimmerchen trampeln, als wäre es ihres. Mindestens vier oder fünf von diesen Blödmännern.

Ich versuche erst gar nicht, mich schlafend zu stellen.

Lonwabo kommt unmittelbar zur Sache. »Ich kenne das Schwein. Du brauchst gar nicht zu lügen, Jabu!«, fährt er mich an. Woher sollte er Romeo kennen? Bisher haben wir uns nie in der Öffentlichkeit gemeinsam sehen lassen. Selbst als ich ihn einmal bei der Haltestelle der Kleinbusse traf, haben wir einander nur scheu gegrüßt, als würden wir uns kaum kennen, und dann auch nicht weiter miteinander geredet. Und Unathi? Nein, niemals würde sie mich verraten.

Lonwabo muss meine Zweifel sehen. Triumphierend fährt er fort: »Es ist der Krüppel, der damals auf den Fußballplatz gehinkt kam, um dich anzugrapschen! Denkst du, ich bin blöd?«

Wahnsinn, er hatte sich diese kleine Szene gemerkt und kombiniert, noch bevor ich selbst überhaupt wusste, wer der Junge war. Aber was weiß er noch? Sein nächster Spruch lässt mich zumindest für den Augenblick aufatmen.

»Wir finden den Typ, egal wo er ist!«, ruft er angeberisch, und seine Mitläufer grinsen zustimmend. Zwei haben eine *Panga* in der Hand, die anderen verschieden lange Holzknüppel, was ich erst jetzt bemerke.

»Du wirst uns jetzt zu ihm führen, Jabu!«, befiehlt er mir – und zieht mir mit einem Ruck die Decke weg.

In mir kocht eine unglaubliche Wut hoch. Dieser Spinner, der meint, mich als mein Bruder vor bösen Ausländern beschützen zu müssen, hat keine Hemmungen, mich vor seinen Kumpanen bloßzustellen und sogar halb nackt vorzuführen. Einen Moment versuche ich mein kurzes Nachthemd nach unten zu ziehen, damit mich die Blicke dieser Angeber nicht länger treffen.

Dann jedoch ist mir alles egal, ich lasse mein Hemd los und schreie zurück: »Niemals werde ich dir verraten, wo er ist. Der Junge ist mehr wert als ihr alle zusammen!«

Eine Sekunde ist es totenstill im Raum. Dann packt mich mein Bruder bei den Haaren und schubst mich gegen die Pappwand, die nachgibt und mit lautem Getöse über mir zusammenkracht. Bevor ich mich aufrichten kann, schlägt er mir mit der flachen Hand zweimal hart ins Gesicht. Ich spüre warmes Blut aus meiner Nase laufen. Seine sogenannten Freunde halten sich raus und glotzen nur.

Ich bedecke mein Gesicht mit beiden Händen, um mich vor noch mehr Schlägen zu schützen. Aber er weiß nun anscheinend selbst nicht weiter.

»Du wirst uns morgen zu ihm führen!«, wiederholt er großspurig und gibt dann seiner Meute das Zeichen zum Rückzug.

Als alle draußen sind, stehe ich langsam auf. Mir ist schwindlig. Erst schaue ich im Hof, ob sie wirklich weg sind, bevor ich zum Außenklo wanke und mir vorsichtig das Blut aus dem Gesicht wasche. Wenn *Makhulu* hier gewesen wäre, hätte er sich das nie getraut.

Anschließend räume ich die in Stücke gebrochene Pappwand so zur Seite, dass Vater nicht stolpert, wenn er aus der *Shebeen* nach Hause kommt.

Mein Kopf dröhnt von den Schlägen. Viel mehr aber bedrückt mich, dass ich nicht weiß, wie ich Romeo am besten warnen kann, ohne meinen Bruder und seine Gang zu seiner Hütte zu locken. Bestimmt wird er mich jetzt kaum mehr aus den Augen lassen.

Ich bin noch wach, als Vater gegen Morgen nach Hause kommt und leise über die zerstörte Pappwand flucht. Das letzte Mal ist sie umgekippt, als *Makhulu* ein zu schweres Jesuskreuz daran aufhängen wollte. Vermutlich denkt er sich etwas Ähnliches, wenn er überhaupt noch denken kann mit seinem alkoholschweren Schädel.

Endlich, als das erste Tageslicht hereinscheint, falle ich doch noch in einen von wilden Träumen heimgesuchten Schlaf …

Am nächsten Morgen schlafen wir alle länger als sonst. Wann Lonwabo nach Hause gekommen ist, habe ich nicht mehr gehört.

Beim Frühstück, das sich jeder selbst bereitet, reden wir kein Wort miteinander. Erst danach, als ich beim Abwaschen des Geschirrs bin, sagt Lonwabo zu Vater: »Weißt du, dass sich Jabu mit einem Simbo rumtreibt?«

Vater bindet sich gerade eine Krawatte für die Kirche und versucht anscheinend, sich auf den Gottesdienst einzustimmen. Mit um Versöhnung bemühter Stimme sagt er: »Ich möchte nicht, dass du so von deiner Schwester redest, Junge! Wir sind immerhin eine Familie.«

Lonwabo wirft mir einen hasserfüllten Blick zu,

den ich ebenso erwidere. Dann gehen wir gemeinsam wie jeden Sonntag zu Pastor Khanyas Gottesdienst. Den Weg zur Kirche legen wir schweigend zurück.

Bevor wir das Gotteshaus betreten, trifft Vater einen früheren Nachbarn von uns, mit dem er eine Unterhaltung anfängt. Als wir endlich hineingehen, sehe ich Unathi mit ihrer Mutter ziemlich weit vorn sitzen. Die Kirche ist schon gefüllt, sodass ich ihr nicht viel näher kommen kann. Wir nicken einander nur zu.

Der Gottesdienst beginnt mit dröhnender Orgelmusik. Dann übernimmt der Gospelchor die Musik, in die alle einstimmen. Pastor Khanyas Frau leitet ihn – es ist der beste Chor, den wir je hatten in Masi. Die Predigt ist leider so lang, dass ich irgendwann nicht mehr richtig zuhöre, obwohl Pastor Khanya viel weniger langweilig ist als der ältere zweite Pastor unserer Gemeinde.

Immer wieder denke ich nur: Wie kann ich Romeo warnen? Wo ist er sicher, bis sich die Wut meines Bruders gelegt hat? Schließlich kennt er Romeo überhaupt nicht. Wenn Vater und Lonwabo mir nur ein Mal erlauben würden, ihn mit nach Hause zu bringen, dann würden sie sehen, wie in Ordnung er ist. *Makhulu* wird bestimmt auf meiner

Seite sein, wenn sie erst von der Trauerfeier zurück ist.

Wie meist treffen sich auch heute alle vom Mädchen-Fußballteam nach dem Gottesdienst noch mit Pastor Khanya, sobald er die anderen Gemeindemitglieder verabschiedet hat. Unathi hat mir versprochen, diesmal ebenfalls zu kommen, auch wenn sie nicht zum Team gehört. Aber es ist die einzige Möglichkeit, unauffällig miteinander zu reden.

Als wir die Kirche verlassen, zischt Lonwabo mir drohend zu: »Danach kommst du sofort nach Hause, verstanden? Ich behalte dich im Auge ...«

Für die anderen Mädchen ist es ein normaler Sonntagmittag. Sie schnattern fröhlich durcheinander. Ein paar zeigen, was sie letzte Woche gekauft oder geschenkt bekommen haben. Außerdem werden natürlich alle wichtigen Fußballspiele diskutiert, die im Fernsehen liefen. Früher war ich genauso. Heute ist alles anders.

Endlich kommt Unathi. »Wo bleibst du denn?«, flüstere ich ihr ungeduldig zu.

»Ich musste erst meine Mutter loswerden«, entschuldigt sie sich. »Auch ihr ist aufgefallen, dass du nicht mehr so viel bei uns bist. ›Habt ihr euch gestritten?‹, wollte sie wissen. Seit dem Auftritt deines

Bruders bei uns hat sie natürlich Verdacht geschöpft. Aber ich habe sie beruhigt, dass alles okay ist.«

»Na ja, nicht wirklich«, antworte ich. »Ich brauche dich, Unathi, jetzt! Du musst unbedingt Romeo warnen. Vielleicht kann er eine Weile bei einer anderen Abteilung der Baufirma in Kapstadt arbeiten. Mein Bruder wird mich vorerst nicht aus den Augen lassen. Und ich will um alles in der Welt verhindern, dass er seine Drohung gegenüber Romeo wahr machen kann.«

»Aber wie finde ich ihn? Und wieso sollte er mir glauben? Er kennt mich ja gar nicht«, gibt Unathi zu bedenken.

»Du weißt doch, wo seine Mutter und seine Tante wohnen, nicht? Zu ihnen geht er heute, weil sein Geburtstag gefeiert werden soll. Bitte gib der Mutter einen Brief und sage ihr, er ist von mir. Sie erinnert sich vielleicht an meinen Namen. Aber – bitte – gehe nur dorthin, wenn du dir ganz sicher bist, dass dir niemand folgt!«

»Gut«, stimmt Unathi zu. »Das schaffe ich.«

»Dann brauchst du ihn auch gar nicht selbst zu treffen. Er kennt meine Schrift. Du musst nur sagen, dass es sehr, sehr dringend ist. Nicht, dass sie den Brief irgendwo als Überraschung liegen lassen und ihm erst später geben. Er muss ihn sofort bekommen, wenn er bei seiner Mutter eintrifft. Kapiert?«

»Kapiert!« Wieder nickt Unathi. »Mache ich. Wo ist der Brief?«

Wenn ich Unathi nicht hätte!

Die anderen haben schon angefangen, mit Pastor Khanya im Gruppenraum die Wochenplanung für die drei nächsten Trainingsabende zu besprechen, während ich noch mit Unathi flüsternd im Flur stand.

Unathi wartet im Türrahmen. Ich gehe direkt zu Pastor Khanya und frage ihn leise: »Können Sie mir bitte ein Blatt Papier, einen Stift und einen Briefumschlag geben? Bitte, Pastor, es geht um Leben und Tod!«

Er lächelt mich wohlmeinend an. »Du bist verliebt, was?«, meint er ahnungslos.

»Ja, auch …«, antworte ich ehrlich.

Er schmunzelt und bittet die anderen Mädchen, weiter an den Trainingsplänen zu arbeiten. Unterdessen geht er mit Unathi und mir schnell zu seinem Büro und gibt mir alles, was ich so nötig brauche. Ohne noch weitere Fragen zu stellen. So ist Pastor Khanya.

»Stellst du ihn mir mal vor?«, sagt er freundlich,

bevor er das Büro wieder abschließt und uns beide auf dem Flur allein lässt.

In großer Eile schreibe ich, so deutlich ich kann:

Geliebter R.!

Mein Bruder hat herausgefunden, dass wir zusammen sind. Er läuft Amok. Aber er weiß zum Glück bisher nicht, wo du wohnst oder arbeitest. Bitte frage deinen Boss, ob du wenigstens für eine Weile woanders arbeiten kannst, bis sich hier wieder alles beruhigt hat.
Ich sende diesen Brief über meine beste Freundin Unathi, da mein Bruder und seine Leute mich pausenlos bewachen.

Was immer geschieht – ich liebe dich und werde dich immer lieben.

Viele Küsse, deine J.

Dann falte ich den Brief zusammen und klebe den Umschlag sorgfältig zu.

Bevor sie aufbricht, umarmt mich Unathi. »Du kannst dich auf mich verlassen.«

Noch niemals war ich bei den Besprechungen für unser Fußballtraining so unaufmerksam wie heute.

Aber Pastor Khanya lässt alles durchgehen. Um nicht aufzufallen, bleibe ich bis zum Schluss. Beim Verlassen des Gemeindehauses sehe ich, wie einer von Lonwabos Freunden auf der gegenüberliegenden Straßenseite herumlungert. Ich tue so, als bemerkte ich ihn nicht, und laufe normal wie sonst nach Hause.

Daheim kann ich kaum still sitzen. Hat Unathi den Brief rechtzeitig abgegeben? Wenn Lonwabo oder einer seiner Helfer nun aber Romeo schon auf der Straße abfängt, bevor er bei seiner Mutter eintrifft? Wissen sie überhaupt, dass er hier Familie hat?

Ich schalte den Fernseher an, kann mich aber weder auf einen Tierfilm über Giraffen noch auf einen Zeichentrickfilm mit Piraten konzentrieren.

Romeo, Romeo, Romeo. Dir darf nichts passieren. Du bist der wertvollste Mensch, den ich kenne.

Wo Lonwabo genau ist, weiß ich nicht. Da er aber nie viel zu tun hat, wird er bestimmt nicht weit weg sein und nur darauf warten, dass ich einen Fehler mache und ihnen zeige, wo sie Romeo finden und verprügeln können.

Wo bleibt nur Unathi mit der erlösenden Nachricht, dass sie zumindest den Brief bei seiner Mutter hat abgeben können?

Irgendwann halte ich es nicht mehr aus. Am späten Nachmittag beschließe ich, selbst zu Unathi zu gehen, um zu erfahren, ob die Briefzustellung gelungen ist. Im Hof ist niemand zu sehen, aber sobald ich auf die Straße trete, erblicke ich Lonwabo mit mehreren Jungen, die nicht weit von der Kreuzung am Straßenrand sitzen und Karten spielen. Als er mich sieht, gibt er einem seiner Jungs einen Wink, der sofort aufspringt, um mir zu folgen.

Ich laufe ohne Umwege zu Unathi. Ihre Mutter weiß von nichts: »Ich dachte, Unathi ist bei dir?« Was nun? Wo ist sie mit dem Brief nur geblieben?

Nur ein Mensch fällt mir jetzt außer *Makhulu* ein, den ich um Rat fragen kann.

Das Feuer –
Umlilo

Normalerweise ist Sonntagnachmittag die einzige Zeit, wo Pastor Khanya freihat und sich seiner eigenen Familie widmen kann. Entsprechend ist auch heute das Gemeindehaus ebenso wie die Kirche abgeschlossen. Aber ein Fenster in der Wohnung im ersten Stock des Gemeindehauses steht offen. Jemand aus der Familie wird da sein. Von der Straßenecke her beobachtet Lonwabos Spitzel genau, was ich tue.

Ich drücke die Hausklingel und hoffe, dass der Pastor oder seine Frau aufmachen werden.

Zunächst geschieht nichts. Als ich gerade erneut klingeln will, taucht ein Kopf oben am Fenster auf – Unathi. Was macht sie um Himmels willen hier?

»Gut, dass du kommst!«, ruft sie mir zu. Dann ertönt der Summer, und ich kann die schwere Eisentür aufdrücken.

Oben an der Treppe erwartet mich eine zweite

Überraschung: Romeos Mutter steht dort und zittert am ganzen Körper.

Schnell springe ich die Treppen hinauf und gebe ihr vorsichtig die Hand. Es ist ihr anzusehen, dass sie geweint hat.

»Wie können Menschen bloß so was tun?«, stößt sie unter leisem Schluchzen hervor.

Was ist nur geschehen? Von Romeo keine Spur. Pastor Khanya winkt mich ins Wohnzimmer. Ich sehe, wie seine Frau die Tür zum Kinderzimmer schließt, in das sie die Kleinen geschickt hat.

Als wir endlich alle um den großen runden Tisch sitzen, beginnt der Pastor zu berichten: »Heute Nacht wurde in Frau Chimaras *Shack* eingebrochen. Eine Bande von Jugendlichen hat die drei dort wohnenden Frauen bedroht und alles gestohlen, was sie mitnehmen konnten. Am Ende haben sie gesagt, dass sie, wenn die Frauen nicht bis heute Abend verschwunden sind, wiederkommen werden und alles verbrennen und sie vergewaltigen … Als Unathi bei Frau Chimara eintraf, kam sie gerade von der Polizei, die aber gesagt hat, dass sie da auch nicht viel machen können, wenn sie die Jugendlichen nicht eindeutig identifizieren kann. Deshalb hat Unathi sie zu mir gebracht …«

Entsetzt schaue ich zu Unathi. Ich sehe, dass sie

meinen Brief noch ungeöffnet in der Hand hält. Wahrscheinlich hat sie es nicht übers Herz gebracht, Romeos Mutter und Tante damit in noch mehr Angst und Schrecken zu versetzen.

Ich merke, wie mir kalter Schweiß über den Rücken läuft. Wo ist Romeo? Er weiß also immer noch nicht, in welcher Gefahr er schwebt.

Jetzt bleibt nur eins: Ich muss selbst handeln. Und zwar sofort.

»Pastor?«, frage ich leise und deute ihm an, zum Fenster zu kommen. Ohne die Gardine zurückzuschieben, zeige ich auf den Jungen aus Lonwabos Bande, der weiter darauf wartet, dass ich irgendwann das Gemeindehaus wieder verlasse.

»Mein Bruder und seine Freunde wollen den Sohn von Frau Chimara verprügeln, weil wir seit Kurzem zusammen sind. Nun hoffen sie, dass sie ihn finden, wenn sie mir auf den Fersen bleiben. Der da unten ist jetzt dran, auf mich aufzupassen.« Ich schaue ihn an und frage: »Können Sie den Kerl einen Moment ablenken, sodass ich aus der Hintertür verschwinden kann?«

Pastor Khanya versteht sofort. Er nickt: »Jabu, bitte sei vorsichtig!« Ich gebe ihm dankbar die Hand. »Ach, und sage deinem Freund: Meinen Segen habt ihr. Es gibt jetzt schon so viel Hass in unserem Township – und zu wenig Liebe. Es ist sehr mutig, was ihr beide versucht.«

Dann öffnet er das Fenster und ruft dem Jungen an der Straßenecke zu: »Ayanda – komm mal zu uns nach oben! Ich muss mit dir reden!«

Gleichzeitig winkt er mir zu, mich auf den Weg zu machen …

Ich bin überzeugt, dass ich unbemerkt aus dem Gemeindehaus gekommen bin. Da ich nur ungefähr weiß, wo Romeos Mutter und Tante wohnen, und mich jetzt so wenig wie möglich im Township sehen lassen will, beschließe ich, mein Glück zuerst bei Romeos Hütte zu versuchen. Im schlimmsten Fall kann ich ihm dort zumindest meinen Brief hinterlassen.

Bei jeder Straßenkreuzung halte ich erst vorsichtig Ausschau, ob ich jemanden sehe, der zu Lonwabos vielen Kumpanen gehört. Dann pirsche ich mich vor zur nächsten Straßenecke. Es wird leichter, als ich endlich das Schulgelände erreiche, das jetzt am frühen Sonntagabend wie ausgestorben daliegt. Noch einmal schaue ich in alle Richtungen, bevor ich die vertraute Zementplatte zur Seite schiebe. Es ist das erste Mal, dass ich das Gelände der Baufirma nicht im Dunkeln betrete.

Ohne weiter innezuhalten, hetze ich nun die erste Sandhalde hinauf. Ich kann Romeo von der Spitze aus noch nicht sehen, aber die Tür seiner Hütte ist offen. Bitte, lieber Gott, lass das ein gutes Zeichen sein!

Ich wage nicht, seinen Namen zu rufen, renne aber weiter, so schnell ich kann. Nun nur noch durch das Backsteinlager. Atemlos komme ich beim Eingang seines *Shacks* an. »Romeo?«

Ich trete erschrocken einen Schritt zurück, als eine mir unbekannte rundliche Frau heraustritt und mich skeptisch anschaut. Dann erkenne ich aber hinter ihr Romeos Tante, die sie sofort zur Seite schiebt und ins Innere des Raums ruft: »Romeo, Romeo – nun komm schon! Deine Freundin ist hier!«

Erst jetzt kann sich der schmächtige Romeo an den beiden vorbei nach draußen drängen. Spontan umarmen wir uns, ohne auf die Frauen weiter zu achten. »Geht es dir gut?«, fragen wir einander fast gleichzeitig, mustern uns aufmerksam von oben bis unten und lächeln dann erleichtert.

»Auch deine Mutter ist in Sicherheit«, beruhige ich ihn, bevor er fragen kann. »Sie war bei Pastor Khanya und seiner Familie, als ich aus Masi weglief.«

Die zweite Frau wird mir vorgestellt als diejenige, die mit Romeos Mutter und Tante aus *Simbabwe* geflüchtet ist.

Nach den Schrecken der letzten Nacht haben sie Romeo gebeten, bei ihm in der Hütte übernachten zu dürfen. Wenn alles ruhig bleibt, wollen sie Montagmorgen, ganz früh, noch bevor die anderen Arbeiter kommen, zurück zu ihrem eigenen *Shack* gehen.

Aber dann kommt alles ganz anders …

Zuerst berichte ich Romeo von den Drohungen meines Bruders, nachdem er von unserer Beziehung erfahren hat. Romeo bleibt eigenartig ruhig. »Ich habe keine Angst vor ihm.«

»Aber er ist viel stärker als du, und seine Freunde haben oft Messer und Knüppel bei sich«, versuche ich ihn zu warnen.

»Ich habe schon ganz andere Leute überlebt«, sagt er wieder ohne jede Panik. Und fährt dann fort: »Was mir viel mehr Sorge macht, sind die Angriffe auf unschuldige Frauen, wie letzte Nacht. Das ist noch nicht ausgestanden, denke ich.«

Er hat so viel mehr Erfahrung als ich. Romeo ist fest entschlossen, auch seine Mutter noch heute Abend aus Masi herauszuholen und sie ebenfalls hier in seiner Hütte schlafen zu lassen.

»Aber du bist doch selbst gefährdet. Kann deine Tante das nicht tun?«, bitte ich ihn voller Sorge.

»Nein, sie kennt den Weg hierher nicht so gut. Das muss ich allein tun«, sagt er wieder mit einer Ruhe, die mich beeindruckt.

»Dann komme ich mit dir!«, rufe ich, aber es klingt gar nicht ruhig bei mir.

Inzwischen ist es dunkel geworden, und der wackelige Scheinwerfer am Kran über uns springt an.

»Komm«, sagt er plötzlich und geht voran zum gemauerten Fundament des rostigen Krans, der bestimmt zehn Meter hoch ist. An einer Außenseite ist eine schmale Eisenleiter montiert, auf der er jetzt hinaufzuklettern beginnt. »Von oben hast du eine gute Aussicht auf Masi ...«

Er ist schon beinah zur Hälfte oben, als auch ich ihm folge. Man muss aufpassen, um sich nicht die Finger an dem rostigen Metall aufzuschneiden. Der Kran scheint schon lange nicht mehr in Betrieb zu sein.

Ganz oben ist eine kleine Plattform, wie ein winziger Balkon, nur ohne Brüstung. Als ich schon fast oben bin, reicht er mir seine Hand und zieht mich das letzte Stück hinauf. Wieder bin ich überrascht, wie stark er ist.

»Schau mal«, sagt er leise und zeigt auf die vielen

kleinen Häuser, die sich fast bis zum Horizont erstrecken. Hier und da sind kleine Feuer, längst nicht alle Straßenlaternen funktionieren. Für einen Augenblick wirken die Häuschen wie Klötze aus einem Kinderbaukasten – bunt durcheinandergewürfelt, so als müsste nur noch irgendwann aufgeräumt werden.

»Es sieht so friedlich aus von hier oben«, sage ich leise.

»Ich würde schrecklich gern mit dir wegfliegen«, flüstert Romeo mir ins Ohr.

»Glaubst du, dass es woanders wirklich besser ist?«, frage ich ebenso leise zurück.

»Ich weiß es nicht«, antwortet er.

Bevor wir weiterreden können, gibt es plötzlich einen lauten Knall, gar nicht weit von Pastor Khanyas Kirche. Eine Stichflamme schießt aus einer der Hütten, bestimmt fünf Meter hoch, und Menschen schreien um Hilfe.

Bevor wir die genaue Ursache erkennen können, knallt es gut zwanzig Meter weiter erneut, und ein zweites Feuer bricht aus. Dann das dritte und noch eines und noch eines, als hätte jemand eine Kettenbrandstiftung vorbereitet. Wir hören Menschen schreien und sehen von hier oben genau, wie ihnen in den brennenden Hütten nicht geholfen wird, sondern andere begonnen haben, sogar noch auf sie einzuschlagen und sie vor sich herzutreiben.

Für mehrere Sekunden haben wir wie gelähmt vor Entsetzen auf die Szenen unter uns geschaut. Jetzt springt Romeo auf und schreit von unserer Plattform in die Nacht, wie ich noch nie einen Menschen habe schreien hören. So laut, so verletzt, so schmerzvoll: »*Stop it, stop it, god, stop it*!«

Ohne sich vorzusehen, klettert er immer gleich drei Sprossen auf einmal hinab. Einmal rutscht er mit seinem zu kurzen Bein ab und stürzt gut zwei Meter nach unten, bevor er das Geländer wieder zu packen bekommt. Nur viel langsamer komme ich nach. Ich sehe, wie seine Hand blutet.

»Warte auf mich«, flehe ich ihn an.

Aber er ist schon unten und dreht sich nur noch einmal um. Seine Stimme überschlägt sich, als er mir zuruft: »Ich muss zu Mutter, ich muss Mutter holen!« Dann rennt er los. Trotz seines Beines gelingt es mir nicht, ihn einzuholen. Als ich bei der Mauer mit der Zementplatte ankomme, liegt sie achtlos zur Seite geworfen, als hätte es jetzt keine Bedeutung mehr, den Eingang zu verbergen.

Am schlimmsten ist, dass ich ihn aus den Augen
verloren habe. Bei der Schule ist noch alles relativ ruhig, aber je näher ich der ersten Straße komme,

umso größer wird der Lärm, das Schreien und Krachen, das Knallen und Rufen. Inzwischen wehen auch dichte Qualmwolken aus verschiedenen Richtungen. In der Ferne sind die heulenden Sirenen sich nähernder Feuerwehrautos zu hören. Wo ist Romeo? Wo ist Romeo?

Endlich habe ich mich bis zu Pastor Khanyas Kirche durchgeschlagen. Am Fenster im ersten Stock sehe ich seine Frau, die versucht, ein heulendes Kind zu beruhigen.

»Wo ist Ihr Mann?«, schreie ich nach oben, als ich unmittelbar unter dem Fenster stehe. Sie ruft etwas, was ich nicht verstehe. Dabei zuckt sie die Achseln. »Und Romeo? Haben Sie Romeo gesehen?« Wieder zuckt sie die Achseln. Weiß sie überhaupt, wer Romeo ist?

Um mich herum sind plötzlich alle möglichen jungen Leute, die auf teuflische Weise lachen und offensichtlich ihren Spaß an dem Horror haben. Einer trägt einen ziemlich neuen Flachbildfernseher auf der Schulter wie eine Trophäe. Ob Lonwabo einer von ihnen ist? Ich sehe ihn nicht, aber das Chaos ist auch viel zu groß.

Schon wieder kracht es ganz in meiner Nähe – die Scheibe eines kleinen Haushaltswarenladens zerbirst, in dem eine Familie aus Somalia Plastikkram aus China verkauft. Ein älterer Mann versucht, sich schützend vor zwei verschleierte Frauen zu stellen. Ein Junge von höchstens sechzehn oder siebzehn schlägt ihm von hinten mit einem Stock auf den Kopf. Er bricht blutend zusammen und bleibt bewegungslos liegen. Derselbe junge Kerl zieht einer der Frauen den Schleier vom Kopf, ein zweiter *Tsotsi* zerreißt ihr Kleid, bis sie ihre bloßen Brüste nur noch mit den Händen zu schützen vermag. Dann wird sie von mehreren Männern zurück in den Laden geschubst, aus dem andere, darunter auch Frauen, mit gestohlener Ware in vollen Körben abziehen.

Wo ist Romeo? Wo ist Romeo?

Erst traue ich meinen Augen nicht. Aber dann bin ich mir sicher – nur wenige Meter von mir entfernt steht Lonwabo, bewegungslos. Warum macht er nicht mit bei dem Plündern, Schlagen, Vergewaltigen?

Ich laufe auf ihn zu und zerre ihn herum, sodass er mir ins Gesicht sehen muss. »Ist es das, was du gewollt hast?«, schreie ich ihn an.

Ich weiß nicht, ob er mich erkennt. Eine leichte Platzwunde an seiner Stirn lässt Blut in einer dünnen Linie über sein Gesicht laufen. Ein paarmal bewegt er die Lippen, aber ich verstehe ihn nicht.

Endlich kann ich ihn hören: »*Haai* – nein, Jabu, das ist Wahnsinn. Das wollte ich nicht …«

Ich kann kein Mitleid für ihn empfinden und lasse ihn einfach stehen. Mit seinen Sprüchen hat er den Schrecken mit vorbereitet, auch wenn ihm das Ausmaß der Gewalt jetzt wohl zu weit geht. Ich wende mich von ihm ab und laufe weiter in Richtung Unathis Haus. Vielleicht weiß sie etwas. Sie war doch noch vorhin mit Romeos Mutter zusammen.

Ich biege gerade in ihre Straße ein, als von einem brennenden *Shack* ein Balken direkt vor mir niederkracht. Ein paar Funken verkokeln mein Haar und brennen ein Loch in den rechten Ärmel meines T-Shirts. Schmerzen spüre ich keine. Bevor ich weiterlaufen kann, zerrt mich plötzlich ein Feuerwehrmann zur Seite. »Hier kannst du nicht mehr durch!«, schreit er mich an. »Alles abgesperrt!«

Hinter mir haben mehrere Krankenwagen geparkt, deren wirbelnde Blaulichter alles vor meinen Augen kreiseln lassen. Dazwischen die verzerrten Stimmen aus verschiedenen Funktelefonen. Tatsächlich nimmt mein Schwindel zu, wahrscheinlich habe ich einfach zu viel Rauch eingeatmet. Wo ist Romeo? Wo ist Romeo?

Jetzt nur nicht umkippen. Ich stütze mich an der

Seite eines gepanzerten Polizeiwagens ab. Der gibt aber plötzlich Gas, um eine Gruppe von Jugendlichen auseinanderzutreiben, die begonnen haben, die Hilfskräfte mit Steinen zu bewerfen.

Das Letzte, an was ich mich erinnere, ist ein dumpfer Schlag auf meinen Kopf. Ich kann später nicht mehr sagen, ob von hinten oder von der Seite. Alles wird dunkel und leise, bis es völlig still um mich ist.

Schokolade –
iChocolate

Als ich wieder zu mir komme, ist es noch immer leise, aber helles Tageslicht scheint durch unser kleines Fenster daheim.

Als Erstes erkenne ich *Makhulus* besorgtes Gesicht, die sich über mich gebeugt hat und mir mit einem feuchten Tuch über die Stirn wischt. Ich drehe meinen Kopf zu ihr – und spüre einen stechenden Schmerz am Hinterkopf.

»Das war ein Stein«, sagt sie mit ihrer rauen Stimme. »Musste genäht werden, fünf Stiche …«

Erst langsam komme ich zu mir und erinnere mich an die Schrecken der letzten Nacht. Oder ist es schon länger her?

Als könnte sie meine Gedanken lesen, erklärt *Makhulu* weiter: »Du hast zwei Tage und Nächte geschlafen, Jabu! Ich bin erst gestern von der Beerdigung mit dem Bus zurückgekehrt … und heute ist schon Dienstag!«

Warum habe ich einen Stein abbekommen? Wer

hat mich gefunden? Warum bin ich in dem Chaos herumgelaufen?

»Alle Zeitungen stehen voll von den Überfällen auf Ausländer im ganzen Land, nicht nur bei uns«, fährt sie fort. »Zum Glück hat dich Lonwabo gefunden und sofort mit einer Ambulanz ins Krankenhaus und dann nach Hause gebracht. Er ist nicht von deiner Seite gewichen.«

Lonwabo? Er hat mir geholfen?

Mit einem Mal ist die volle Erinnerung wieder da. Mit einem Ruck setze ich mich im Bett auf. Den erneuten Schmerz im Kopf ignoriere ich und rufe nur aufgeregt: »Wo ist Romeo? Was ist mit seiner Mutter geschehen?«

Makhulu zieht die Schultern hoch. »Ist das einer der Ausländer? Die sind jetzt alle weg. Noch in der Sonntagnacht sind über hundert von ihnen in Bussen in ein Zeltlager ans Meer gebracht worden. Die anderen folgten gestern. Ein paar sind auch noch im Krankenhaus oder werden vermisst. Einige sollen ermordet worden sein. Eine Schande ist das … alles unschuldige Menschen, selbst Kinder sind dabei …«

Ich nehme ihre Hand und schaue sie an, noch immer aufrecht im Bett sitzend. »*Makhulu?*«

»Ja, mein Engel?« Erst jetzt hält sie inne.

»Romeo kommt aus *Simbabwe, Makhulu* … und ich liebe ihn.«

Weder Lonwabo noch Vater scheinen es ihr gesagt zu haben bis jetzt. Aber sie versteht sofort. Alles.

»Ach«, sagt sie, »das ist ja schrecklich. Und du weißt gar nicht, wo er geblieben ist?«

Ich schüttle den Kopf und spüre, wie mir einfach Tränen herunterlaufen, lautlos.

Dann bitte ich sie: »Kannst du Pastor Khanya anrufen und ihn fragen, ob er mich besuchen kommt? Vielleicht weiß er mehr?«

Sie geht in den Vorderraum zu Vaters Laden. Kurz darauf kehrt sie mit ihm und Lonwabo zurück und sagt: »Der Pastor kommt gleich nachher in seiner Mittagspause.«

Vater sieht mich ernst an. »Gut, dass du endlich aufgewacht bist, Jabu. Magst du etwas essen oder trinken?«

Ich schüttle den Kopf. Lonwabo sagt nichts. Wir vermeiden, einander anzublicken.

Ich lasse mich langsam zurück ins Bett sinken. Ich denke nur an Romeo und bete, dass er am Leben ist und in jenem Flüchtlingslager am Meer.

Wenn ich doch nur ein Foto von ihm hätte. Als ich meinen Kopf zur Wand drehe, fällt mein Blick auf ein leeres Schokoladenpapier auf dem Boden neben meinem Bett. Die teure Schokolade hatte er mir eine Woche vor der Horrornacht geschenkt – und mir eine Liebeserklärung in großen schwarzen Druckbuchstaben draufgeschrieben: LUV U. R. Nur das.

Ich nehme das Papier in meine Hand wie einen großen Schatz, streiche es glatt und lege es neben mich auf das Kissen.

Pastor Khanya berührt mich vorsichtig an der Schulter. Ich muss wieder eingeschlafen sein. Dieses Mal bin ich jedoch sofort wach. »Wissen Sie, Pastor, was aus Romeo und seiner Mutter und Tante geworden ist?«

Er sieht mich erst eine Weile aufmerksam an. Dann holt er tief Atem und sagt: »Romeo zählt zu den Vermissten, Jabu. Niemand hat ihn gesehen seit jener Nacht. Auch seine Mutter und seine Tante wissen nichts von ihm. Sie wurden mit einem Bus nach *Soetwater*, ins Flüchtlingslager, gebracht.«

»Aber er ist doch am Leben, nicht?«, bohre ich nach. Er zuckt mit den Schultern. Ich vertraue ihm. Er würde mir alles sagen, was er weiß. Wir schweigen eine Weile.

»Wie hat das alles nur angefangen?«, frage ich ihn.

»Es hat, lange bevor die ersten *Shacks* angezündet wurden, angefangen«, meint er nachdenklich. »Vielleicht da, als die ersten Flüchtlinge von manchen Politikern als illegale Ausländer bezeichnet wurden. Oder da, wo noch immer Millionen Menschen nicht genug zu essen haben und in Wellblechhütten hausen müssen« – und mit einem Blick auf meinen Bruder – »oder einfach keine Arbeit finden können. Dann kann sich die Enttäuschung und Wut schnell gegen die entladen, die dafür am wenigsten verantwortlich sind.«

»Und jetzt? Bitte, Pastor Khanya, können Sie mir helfen, Romeo zu finden?«

Er nimmt meine Hand und antwortet: »Ich will es versuchen, Jabu. Aber es wird nicht einfach sein. Zurzeit irren ein paar Zehntausend verjagte Menschen durch *Südafrika*.«

Dann erhellt sich sein Gesicht etwas, und er fügt hinzu: »Jetzt hätte ich beinah vergessen, dich von allen *Vuka Intombis* zu grüßen! Wir lassen diese Woche das Training ausfallen und werden uns mit anderen Jugendgruppen treffen, um Kleider und Nahrung für die Leute im Flüchtlingslager zu sammeln.«

»Danke, Pastor«, sage ich leise.

Ich schließe die Augen, nachdem er gegangen ist.

Vor mir sehe ich Romeo, sein Lächeln, sein weißes Hemd, seine kleine Hütte, unseren geheimen Ort. Sobald ich aufstehen kann, werde ich hingehen und sehen, was ich von seinen Sachen für ihn in Sicherheit bringen kann.

Schon am nächsten Tag mache ich mich allein auf den Weg. Lonwabo bietet mir seine Hilfe an, aber ich lehne ab. Als ich dort ankomme, sehe ich, dass die Tür offen steht und alles leer ist.

»Der wohnt da nicht mehr!«, ruft mir einer der Bauarbeiter zu. Wie betäubt gehe ich zurück und lege mich wieder aufs Bett.

Die nächsten zwei Wochen esse ich kaum etwas und trinke nur, wenn *Makhulu* mich darum bittet. Romeo fehlt mir so sehr.

Unathi erschrickt, als sie mich besucht. »Mensch, bist du dünn geworden!« Hunger macht mir nur wenig aus. Romeo hat Jahre hungern müssen, bevor er aus der einen Not in eine andere geflohen ist. »Wir fahren nachher mit Pastor Khanya nach *Soetwater*, um noch mehr Kleidung und Medikamente hinzubringen. Einige Familien sind bereit, mit uns zurückzukehren, vor allem dort, wo Nachbarn ihnen ihren persönlichen Schutz zugesagt haben. Romeos Mutter und Tante sind noch im Lager.«

»Ich komme mit«, sage ich zu ihr und ziehe mir meine wärmsten Sachen über.

Es ist ein regnerischer Tag. Ein eiskalter Sturm fegt über die kleine Zeltstadt direkt an der felsigen Küste. Ein paar Kinder heulen. Mehrere Freiwillige verteilen Brot von einem Lastwagen.

Pastor Khanya weiß, in welchem Zelt die drei Frauen aus *Simbabwe* untergebracht sind. Die Zeltplane knattert im Sturm, als er durch eine Öffnung vorangeht. Innen riecht alles feucht und muffig. Frauen und eine Anzahl Kinder sitzen auf wackligen Feldbetten, haben mehrere Kleidungsstücke übereinandergezogen. Es ist still in dem großen Zelt, obwohl hier gut vierzig Menschen untergebracht sind. Ich kann kein vertrautes Gesicht entdecken.

»Da sind sie«, sagt Pastor Khanya zu mir und zeigt auf zwei Frauen, die auf einem Stück Plastik im nassen Gras neben einer anderen sitzen, die im Bett unter einer Decke liegt. Als wir näher kommen, erkenne ich Romeos Mutter, obwohl sie bis zur Nase zugedeckt ist. Auch sie nimmt mich sofort wahr. »Jabu, wie schön, dass du gekommen bist!«

Sie hat Fieber, redet aber mit fester Stimme: »Du warst immer gut zu uns.«

Wir geben den drei Frauen eines der mitgebrachten Nahrungspakete. Dann kann ich nicht länger warten. »Wissen Sie, was mit Romeo ist?«

Die Mutter schaut zur Tante und dann wieder zu mir, bevor sie antwortet: »Erst heute Morgen hat uns die Nachricht erreicht von einem Mann, der aus einem anderen Flüchtlingslager hierherverlegt wurde. Angeblich gibt es dort einen Jungen, der Romeo heißt und unbedingt auch zu uns kommen will. Aber es ist ja noch ein solches Chaos überall, und deshalb werden derzeit noch kaum Ausnahmen gemacht.«

Mein Herz klopft wie wild vor Aufregung: »Und haben Sie gefragt, ob der Junge hinkt?«

Frau Chimara lächelt zum ersten Mal trotz des hohen Fiebers: »Was denkst du denn? Das war meine erste Frage! Ja, Jabu, ja, der Mann sagte, der Junge würde hinken.« Sie zieht mich ganz dicht zu sich heran, und wir umarmen uns, ohne auf das Fieber Rücksicht zu nehmen. Ich spüre, dass ihr Körper vom Weinen leicht bebt.

Ganz leise flüstert sie in mein Ohr: »Sobald ich aufstehen kann, fahren wir dorthin, einverstanden?«

Ich richte mich nur langsam auf. »Wir fahren bald zu Romeo, ja, Pastor?«

Pastor Khanya nickt.

Als wir das Zelt verlassen, sind die Freiwilligen noch immer beschäftigt, Brote zu verteilen. Einer von ihnen ist Lonwabo.

Er hat mich bis jetzt gar nicht gesehen. Ich zögere erst noch, aber dann gehe ich langsam über den matschigen Rasen auf ihn zu.

Glossar

Aids

Immunschwächekrankheit, die durch das HI-Virus (HIV) vor allem beim Geschlechtsverkehr übertragen werden kann. Sie macht den Menschen anfällig für alle möglichen ansteckenden Krankheiten (wie Grippe, Durchfall oder Lungenentzündung). Ein gesunder Körper kann diese Krankheiten abwehren, bei einem durch HIV geschwächten Körper können sie jedoch zum Tod führen. *Aids* ist die Abkürzung für: *aquired immune deficiency syndrome* (= erworbenes Immunschwächesyndrom). Der bislang einzig mögliche Schutz vor dem HI-Virus beim Sex ist der Gebrauch von Kondomen.

Afrikaans

Eine der elf offiziellen Landessprachen in Südafrika, vor allem gesprochen von Farbigen und niederländischstämmigen Weißen.

ART

Antiretroviral-Therapie (ART) sind Medikamente, die verhindern, dass sich das *Aids* verursachende HI-Virus (HIV) im Körper ausbreiten kann, und dadurch das Leben verlängern können. ART kann *Aids* nicht heilen. Wer einmal mit der Therapie begonnen hat, muss diese Medikamente (bisher in der Regel täglich zweimal) für immer einnehmen.

Apartheid

Die gewaltsam durchgesetzte Trennung von Menschen unterschiedlicher Hautfarben zugunsten der Weißen in Südafrika und im von Südafrika lange besetzten Nachbarland Namibia. Das Wort Apartheid bedeutet Trennung (in Afrikaans). Apartheid wurde offiziell erst 1994 abgeschafft.

Bafana

Bafana Bafana ist der Spitzname der südafrikanischen Fußballnationalmannschaft und bedeutet so viel wie »junge Männer«.

Biltong

Durch Trocknen haltbar gemachtes Fleisch, meist in dünne Streifen geschnitten

Braai

Grillen von Fleisch am offenen Feuer

Kwaito

Eine typisch südafrikanische, moderne Musikrichtung, die auf House-Music-Rhythmen basiert und hip-hop-ähnliche Texte hat. Bekannte Kwaito-Musiker in Südafrika sind Zola und Mandoza.

Kwerekwere

Abfällig gebrauchter Ausdruck von Schwarzen in Südafrika gegenüber dunkelhäutigen Ausländern im Land, meist anderen Afrikanern. Das Wort selbst hat keine eigene Bedeutung, sondern äfft allein die unverständliche Sprache der Ausländer nach.

Makhulu

Großmutter, genau: Ma-khulu (Mutter-groß)

Panga

Langes Schlagmesser, der südamerikanischen Machete vergleichbar

Paraffin

Billiger Brennstoff, den arme Leute für Kocher und Lampen dort benutzen, wo es keinen Strom gibt.

Rand
Südafrikanisches Geld. Ein Rand entspricht etwa zehn Eurocent.

Shack
Eine aus Abfällen (Holz, Wellblech, Pappe) gebaute einfache Hütte

Shebeen
Township-Kneipe

Shona
Volk der Shona mit eigener Sprache und Kultur, vor allem in Simbabwe lebend, wo es mit etwa achtzig Prozent die Mehrheit der Bevölkerung darstellt.

Simbabwe
Ein Land nordöstlich von Südafrika mit rund dreizehn Millionen Einwohnern. Das früher als »Kornkammer« des südlichen Afrika bezeichnete Land wurde durch den ehemaligen Freiheitskämpfer und späteren Diktator Robert Mugabe (*1924) so weit zugrunde gerichtet, dass heute die Mehrheit der Be-

völkerung Hunger leidet und die meisten Schulen und Krankenhäuser geschlossen sind. Rund ein Drittel der Bewohner sind aus Simbabwe geflohen, die meisten nach Südafrika. Erst seit Kurzem ist eine »Übergangsregierung« im Amt, die versucht, die Probleme des Landes anzupacken.

Spazashop
Township-»Tante-Emma-Laden«

Südafrika
Das südlichste Land auf dem afrikanischen Kontinent mit rund neunundvierzig Millionen Einwohnern. Bis 1990 wurde Südafrika von einer weißen Minderheitsregierung beherrscht, die unter dem Namen *Apartheid* (Trennung) alle Menschen mit nicht weißer Hautfarbe unterdrückte. Seit 1994 gibt es eine demokratische Regierung in Südafrika. Ihr erster Präsident Nelson Mandela (*1918) setzte sich – obwohl er siebenundzwanzig Jahre als politischer Gefangener eingesperrt war – nachdrücklich für Frieden und Versöhnung ein. Dafür erhielt er den Friedensnobelpreis. Umso größer war der Schock, als es auch in diesem Land, das der südafrikanische Erzbischof Desmond M. Tutu (*1931) als die »Regenbogen-Nation« bezeichnet hatte, im Mai 2008 zu schrecklichen Überfällen auf meist arme afrikanische Ausländer kam.

Toks

Fußballschuhe

Tsotsi

Ganove oder Gauner

Umqomboti

Traditionell gebrautes, starkes Bier

Xhosa

Volk der Xhosa mit eigener Sprache und Kultur, vor allem in der südafrikanischen Ostkap-Provinz zu Hause. Nach Zulu die am häufigsten gebrauchte Sprache (ungefähr zwanzig Prozent der Bevölkerung) in Südafrika. Der erste demokratisch gewählte Präsident Südafrikas, Nelson Mandela (*1918), ist ein Xhosa.

Danksagung

Seit mehr als sieben Jahren nehme ich teil am Leben von gut zwanzig Kindern und Jugendlichen im HOKISA-Kinderhaus im Township Masiphumelele, das am Welt-Aids-Tag 2002 von Erzbischof Desmond M. Tutu eröffnet wurde. Die meisten Erzieherinnen und Erzieher stammen selbst aus diesem Township. Gemeinsam versuchen wir hier, für die, die ihre Eltern durch Aids verloren haben und zuweilen selbst mit HIV/Aids leben, ein Zuhause zu schaffen. Ihnen allen danke ich für das Vertrauen und die immer neuen Ideen, mit den oft unüberwindlich groß erscheinenden Problemen umzugehen. Und zwischendurch auch zu lachen, zu singen und jeden Geburtstag als ein besonderes Fest zu feiern. Das vorliegende Buch wäre ohne diesen Alltag so nicht entstanden.

Wer mehr über HOKISA – Homes for Kids in South Africa – erfahren oder uns unterstützen möchte, kann dies über unsere internationale Website *(www.hokisa.co.za)*.

In Deutschland auch über:

Förderverein HOKISA e.V.
c/o Bildungswerk für Friedensarbeit
Im Krausfeld 30a
53 111 Bonn
E-Mail: hokisa@bf-bonn.de

Kinder, Jugendliche und Mitarbeiter im HOKISA-Kinderhaus in Masiphumelele, Südafrika. Lutz van Dijk steht hinten und hat ein Kind auf den Schultern.

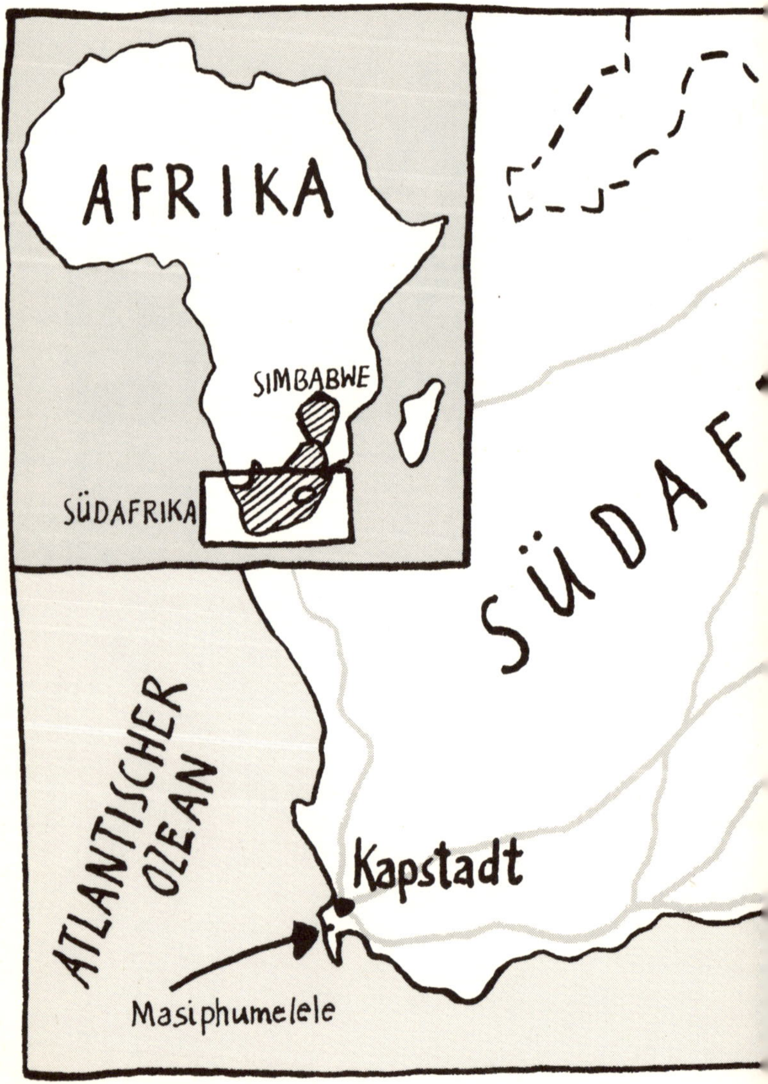
AFRIKA
SIMBABWE
SÜDAFRIKA
SÜDAF
ATLANTISCHER OZEAN
Kapstadt
Masiphumelele

Johannesburg
SWAZILAND
KA
LESOTHO
Durban
INDISCHER
OZEAN

**Leseprobe aus dem
Ravensburger Taschenbuch 58209
»Kick it like Beckham«
von Narinder Dhami**

Old Trafford. Manchester United gegen Anderlecht. Die Zuschauer, ein Meer aus Rot und Weiß, sind unglaublich nervös. Sie warten auf das alles entscheidende Tor.

»Die große Frage ist nur, *wer* von Manchester United das Tor schießen wird«, sagt John Motson atemlos. »Wird es Scholes sein? Oder vielleicht Ryan Giggs? Oder wird David Beckham hier die Entscheidung bringen?«

Die Zuschauer lehnen sich vor und feuern die Spieler an. Die Atmosphäre ist wie elektrisiert.

»Oh, da kommt ja der Ball, auf den Beckham gewartet hat! Jede Menge Spieler im Mittelfeld, und auch Bhamra kämpft sich durch. Eine wunderbare Flanke von Beckham, und da ist Bhamra. Was für ein großartiger Kopfball! – und … und … TOR!«

Die Zuschauer rasen vor Begeisterung.

»Ein Tor! Ein Tor von Jess Bhamra! Ein exzellenter Kopfball! Sie ist höher gesprungen als all ihre Gegenspieler. Fantastisch, wie sie den Ball ins Toreck gezirkelt hat!

Der Torwart hatte keine Chance! Jess Bhamra macht sich allmählich einen Namen bei Old Trafford! Was meinen Sie, Gary? Haben wir in ihr etwa einen neuen Star vor uns?«

Nun werden Gary Lineker, Alan Hansen und John Barnes im TV-Studio eingeblendet. Alle drei sehen ziemlich beeindruckt aus.

»Unbedingt, Motty!«, meint Gary und wendet sich an die Diskussionsrunde. »Was meinen Sie, Alan? Könnte Jess Bhamra die Antwort auf Englands Gebete sein?«

Alan zieht die Augenbrauen hoch. »Kein Zweifel, dass wir hier ein großes Talent vor uns haben, Gary. Sie denkt voraus, hat Ballgefühl und eine schnelle Reaktion. Wisst ihr was? Ich wünschte, sie würde für Schottland spielen!«

Gary lacht und wendet sich dann an John Barnes. »John, glauben Sie, dass England die richtige Spielerin gefunden hat, um an die ruhmreiche Weltmeisterschaft von 1966 anzuknüpfen?«

»Keine Frage, Gary«, antwortet John. »Ich glaube, wir haben endlich das fehlende Puzzleteilchen gefunden. Und das Beste an ihr ist, dass sie noch längst nicht ihre Höchstform erreicht hat!«

Gary blickt wieder in die Kamera. »Und nun, hier bei uns im Studio Jess' Mutter – Mrs Bhamra!«

MUM?! Verschwinde! Was hast du in meinem Tagtraum verloren?

»Mrs Bhamra, Sie müssen sehr stolz auf Ihre Tochter sein!«, sagt Gary strahlend.

»Nein, ganz im Gegenteil!«, kreischt Mum. »Ich finde

es schrecklich, dass sie mit diesen Männern herumrennt! Und dabei siebzigtausend fremden Menschen ihre nackten Beine zeigt! Sie bringt nur Schande über unsere Familie ...« Sie wirft einen giftigen Blick auf die Diskussionsteilnehmer. »Und Sie drei sollten sie nicht noch ermutigen.«

Gary, Alan und John blicken drein wie kleine Jungs, die von ihrem Lehrer ausgeschimpft werden.

»Jesminder, du kommst auf der Stelle nach Hause!«, poltert Mum weiter und hält den drohend erhobenen Zeigefinger in die Kamera. Ihre Augen blitzen vor Zorn. »Warte nur, bis du mir unter die Augen trittst! Jesminder Bhamra ...«

In der nächsten Sekunde wurde die Tür meines Zimmers aufgerissen.

»Jesminder, hast du mich nicht gehört?«, fauchte Mum.

Verflixt, warum muss sie einen immer stören, wenn es gerade am spannendsten ist? Dabei wollte Gary gerade Sven-Goran Eriksson interviewen, der mit dem Gedanken spielt, mich für das nächste Englandspiel aufzustellen.

»Jesminder, bist du verrückt geworden?« Anklagend blickte Mum zuerst auf den Fernseher, dann auf mich. Mit ihrem speziellen Blick, der überdeutlich sagt: Hör zu, ich bin deine Mutter und habe hier das Sagen. »Fußball hin oder her! Morgen ist die Verlobungsfeier deiner Schwester, und du sitzt hier herum und schaust dir diesen Glatzkopf an!«

Aufgebracht riss sie mir die Fernbedienung aus der

Hand und schaltete den Fernseher aus. Ich stöhnte gequält auf. »Oh, Mum! Beckham wird gleich ein Tor schießen!«

Doch das interessierte Mum natürlich nicht im Geringsten. Wie immer. »Komm sofort nach unten!«, befahl sie mir. »Deine Schwester wird gleich verrückt.«

Ach, erzähl mir etwas, was ich noch nicht weiß! Pinky ist sowieso ziemlich verrückt. Und jetzt, so kurz vor ihrer Hochzeit, war sie total am Durchdrehen. Sogar hier oben war im Moment zu hören, dass sie unten im Flur wegen irgendwas ausrastete.

Mit einem leisen Seufzer erhob ich mich. Nicht einmal in meinem Zimmer hatte ich meine Ruhe. Es war genau nach meinem Geschmack eingerichtet und Mum regte sich ständig darüber auf. Überall waren Bilder von David Beckham, und mein Manchester-United-T-Shirt mit der Nummer 7 hing ebenfalls an der Wand. Beckham war mein großes Idol. Okay, ich weiß, was ihr jetzt denkt. Stimmt, er ist verdammt süß. Das sieht sogar ein Blinder. Doch das ist nicht der Grund, warum ich auf ihn stehe. Auf dem Spielfeld ist er ein Gott. *Niemand* kickt wie Beckham.

»Diese Hochzeit hängt mir jetzt schon zum Hals heraus, dabei hat sie noch gar nicht angefangen«, brummte ich mit einem Hilfe suchenden Blick auf Beckhams Poster, das über meinem Bett hängt. Ich weiß, es klingt komisch, aber ich rede oft mit ihm.

Beckham blickte auf mich herab, als würde er mich verstehen. Er verstand mich immer. Sonst tat das niemand. Zumindest nicht in diesem Haus. Ich erinnerte mich an das Zitat eines berühmten Liverpool-Managers, das ich irgendwo gelesen hatte: *Manche Leute halten Fußball für eine Sache, bei der es um Leben und Tod geht. Dabei geht es um sehr viel mehr.* Haargenau meine Meinung!

Betont langsam ging ich nach unten. Pinky stand im Flur und sah aus, als wollte sie jemanden mit bloßen Händen erwürgen.

»Warum tut sie das in letzter Minute?«, brüllte sie. »Sie will mir das Fest ruinieren. Glaub mir, Mum, sie ist das Fieseste, was man sich vorstellen kann!«

»Pinky!«, sagte Mum tadelnd, während sie in die Küche eilte. »Du hast doch noch jede Menge andere.«

»Aber es ist doch schon alles *geplant*«, wimmerte Pinky. »Jetzt brauche ich was anderes.« Sie bedachte mich mit einem finsteren Blick. »Würdest du freundlicherweise mal in die Gänge kommen?«

»Was ist los?«, erkundigte ich mich. Für mich hörte es sich so an, als wäre jemand gestorben.

Pinky baute sich vor mir auf. »Stell dir vor: Teets bescheuerte Schwester hatte die Frechheit, mir vorhin zu sagen, dass sie in Pink zu unserer Verlobung kommt. Das heißt, ich kann meinen rosafarbenen *Sari* vergessen.« Wenn Blicke über eine Distanz hinweg töten könnten, wäre die Schwester ihres Bräutigams in ihrem Haus am anderen Ende der Stadt in diesem Moment tot umgefallen. »Dabei habe ich schon sämtliche Accessoires und *alles* in der passenden Farbe ausgesucht.«

Die Frage »Ist das alles?« lag mir schon auf der Zunge, doch ich konnte sie mir zum Glück noch in letzter Sekunde verkneifen. Denn sonst wäre *ich* mausetot in der Diele zu

Boden gegangen. »Oh, nein, Mum«, stöhnte ich. »Muss ich schon *wieder* einkaufen gehen?«

Mum kam aus der Küche gestürmt und fuchtelte mit einer Karotte vor meiner Nase herum. »Meine Mutter hat damals meine komplette Aussteuer für mich ausgesucht – einundzwanzig *Saris* – und ich habe mich nicht einmal beschwert. Ihr Mädchen seid viel zu verwöhnt.« Entschlossen schob sie uns zur Haustür. »Und vergesst meine *Dhania* nicht. Vier Bündel für ein Pfund. Oh, und natürlich auch Karotten.«

Die Vorbereitungen für diese Hochzeit nehmen kein Ende, dachte ich mir im Stillen und klammerte mich ans Armaturenbrett, während Pinky wie eine Wahnsinnige in Richtung Southall Broadway brauste.

Doch das Schlimmste stand mir noch bevor: Die Verlobungsfeier am morgigen Abend!

»Wir gehen zu *Damini's*!«, verkündete Pinky und stapfte über den Broadway, als würde er ihr gehören. Sie hatte sich ihre Jeansjacke über den Arm geworfen und zog nun, in ihrem knappen roten Top, einer knallengen Jeans und mit der Sonnenbrille, eine Menge Blicke auf sich. Mich, in meiner Adidas-Trainingshose und dem weiten T-Shirt, beachtete kein Mensch. Was mir ehrlich gesagt ganz lieb war.

Meine Schwester ist ein Einkaufsfreak, wie er im Buche steht. Bei *Damini's* brachten wir eine geschlagene Stunde damit zu, Kostüme und Hosenanzüge zu begutachten. Gekauft haben wir allerdings nichts. Danach schleppte sie mich ins *Ajanta Footwear*, um sich Schuhe anzuschauen. Ich machte mir nicht die Mühe, sie darauf hinzuweisen, dass es wenig Sinn hatte, sich nach Schuhen umzusehen, solange sie nicht wusste, was sie anziehen wollte. So wie Pinky im Moment drauf war, hätte sie mich für diese Bemerkung vermutlich vor den nächstbesten Bus gestoßen.

»Oh nein«, hörte ich Pinky wispern, als wir das Geschäft betraten.

Da erblickte ich sie ebenfalls: unsere Cousinen, Meena, Bubbly und Monica, die gerade Schuhe anprobierten. Sie sind ganz okay, die drei. Zumindest wenn man hirnlose Tussis mag, die nur zwei Dinge im Kopf haben: Jungs und Klamotten. Wie gewöhnlich trugen sie auch an diesem Tag schulterfreie, winzige Tops und enge Jeans. Ich sah, dass sie sich helle Strähnchen in die Haare eingefärbt hatten. Ich glaube, sie halten sich für die indische Ausgabe von Jennifer Aniston. Na ja, meinetwegen ... Beim Anblick der drei entgleisten Pinky kurz die Gesichtszüge, doch dann fing sie sich wieder und zauberte ein gekünsteltes Lächeln auf ihr Gesicht. Sie eilte auf unsere Cousinen zu, als hätte sie sie seit mindestens fünf Jahren nicht mehr gesehen.

»Hi! *Mwah! Mwah!*«

Theatralisch fiel sie ihnen um den Hals und hauchte jeder ein Küsschen auf die Wange. Ich stand nur unbeteiligt daneben, die Hände in die Taschen meiner Trainingshose vergraben, und wünschte mir, ich wäre unsichtbar.

»Mensch, was machst du denn hier?«, quiekte Monica. »Du hast doch nicht etwa alles bis zur letzten Minute aufgeschoben, oder?«

Pinky lachte. »Nein, ich genieße bloß die letzten Tage in Freiheit.«

Monica, Bubbly und Meena lächelten gequält. Ich hätte gewettet, dass sie vor Neid fast platzten und sich nichts sehnlicher wünschten, als dass *sie* es wären, die heirateten.

Ich erschrak, als Pinky Monica auf einmal entgeistert anstarrte. »Seit wann hast du diese Kontaktlinsen?«, fragte sie mit frostiger Stimme.

Oh nein, bitte nicht!

Monica grinste selbstzufrieden. »Gefallen sie dir? Ich finde, sie passen toll zu meinen Haaren.«

»Na ja …« Pinky holte zum vernichtenden Schlag aus. »Mein Verlobter mag keine gefärbten Haare«, sagte sie mit einem zuckersüßen Lächeln, woraufhin Monica vor Wut rot anlief. »Aber egal, ich kann nicht den ganzen Tag hier herumstehen und quatschen. Ich muss nach Ealing zur Kosmetik. Tschüss, bis dann …«

»Tschüss, Pinky, bis dann«, säuselten die drei Schönheiten im Chor.

Pinky packte mich am Arm und zog mich zur Ladentür. »So ein Miststück!«, raunte sie mir ins Ohr. »Warum musste sie sich ausgerechnet blaue Kontaktlinsen kaufen? Jetzt kann ich *meine* nicht tragen!«

Ich musste mir auf die Zunge beißen, sonst wäre mir etwas herausgerutscht, was ich später bereut hätte. Unser Einkaufsbummel war natürlich noch längst nicht zu Ende.

»Hm, wir sollten vielleicht noch mal zu *Damini's* gehen«, fuhr Pinky fort, als wir wieder auf dem Broadway waren. »Das Lycra-Outfit mit der Spitze hat mir ganz gut gefallen.« Plötzlich stieß sie mich in die Seite. »Schau, Jess, da kommt dein Freund.«

Tatsächlich kam Tony auf uns zu, zusammen mit seiner Mutter und voll beladen mit Einkaufstüten. Hey, macht euch jetzt keine falschen Vorstellungen. Ich kenne Tony seit Jahren und mag ihn sehr. Aber nicht so, wie ihr vielleicht denkt!

»Mach's ja kurz«, zischte Pinky mir ins Ohr. Abfällig taxierte sie Tonys Mutter, die hinter ihm herschlurfte und durch ihre dicken Brillengläser blinzelte. Wie fast alle indischen Frauen ihres Alters hatte sie sich einen Schal um den Kopf gebunden. »Ich hoffe bloß, dass die Mutter deines Freundes morgen bei der Feier eine Strickweste über ihren drei Speckringen trägt.«

»Sei nicht so fies, sie ist schon alt«, brummte ich zurück.

»Na und?«, entgegnete Pinky schnippisch.

Tony tat etwas schüchtern. Doch das hatte nichts zu bedeuten. Es war ihm einfach peinlich, mit seiner Mum zusammen gesehen zu werden. Und natürlich auch mit dem Sack Zwiebeln und der Familienpackung Toilettenpapier unter dem Arm. »Hi, Jess. Hallo, Pinky!«

»*Saat Sri Akal, Massiji*«, sagten Pinky und ich wie aus einem Munde und falteten unsere Hände vor der Brust.

Tonys Mutter strahlte uns an. »Möget ihr ein langes Leben haben, meine Töchter. Ist für morgen schon alles vorbereitet?«

»Ja, *Massiji*«, antwortete Pinky brav und zog ihre indische Kleinmädchennummer ab. »Mum macht gerade die *Samosas*.«

»Möge Gott dir und deinem zukünftigen Ehemann ewiges Glück gewähren!«, sagte Tonys Mutter mit ihrer lauten Stimme. Echt wahr, sie redet wirklich so. »Und betet für mich, dass auch Tony so viel Glück hat und ich eine so entzückende Schwiegertochter bekomme, hm?«

Ich konnte mir ein Grinsen nicht verkneifen, als ich Tonys Gesicht sah. Der Ärmste wäre am liebsten im Boden versunken.

»Vielen Dank, *Massiji*«, sagte Pinky hastig. Man sah ihr an, dass sie es eilig hatte, von hier wegzukommen. »Okay, also bis dann …«

»Wie lief's in Biologie?«, wollte Tony von mir wissen, als Pinky mich schon am Ellbogen packte.

Wir hatten gerade die Abschlussprüfungen geschrieben, und Tony und ich hatten meistens zusammen gelernt – wenn wir nicht gerade im Park Fußball gespielt haben!

»Ganz okay«, antwortete ich. »Hast du auch die Genetik-Aufgabe genommen?«

Tony nickte und wir besprachen kurz die wichtigsten Punkte unserer Antworten. Ein Glück, dass wir dasselbe Thema gewählt hatten.

»Hoffentlich kriege ich eine Eins«, sagte ich seufzend. Mum und Dad hatten Großes mit mir vor. Nach der Schule sollte ich Jura studieren, und dafür brauchte man einen guten Notendurchschnitt. Ich hatte bisher keinen Einspruch erhoben, denn eigentlich wusste ich nicht, was ich *wirklich* wollte. Außer Fußball spielen. Und daraus kann man keinen Beruf machen. Zumindest nicht als Mädchen …